蠹鱼书坊出品

蠹鱼文丛

书名题签：集文徵明《小楷落花诗卷》
封面插图：董邦达《西湖十景图》（局部）
策划组稿：夏春锦
周音莹
篆　　刻：寿勤泽

孙郁 著

苦路人影

浙江古籍出版社

图书在版编目(CIP)数据

苦路人影 / 孙郁著 .— 杭州：浙江古籍出版社，
2018.6
（蠹鱼文丛）
ISBN 978-7-5540-1276-5

Ⅰ.①苦… Ⅱ.①孙… Ⅲ.①随笔— 作品集—中国 —
当代 Ⅳ.①I267.1

中国版本图书馆CIP数据核字（2018）第128065号

苦路人影

孙郁　著

出版发行　浙江古籍出版社
（杭州市体育场路347号　邮编：310006）
网　　址　www.zjguji.com
责任编辑　陈小林
文字编辑　沈宗宇
整体装帧　刘　欣
责任校对　余　宏
责任印务　楼浩凯
照　　排　浙江时代出版服务有限公司
印　　刷　绍兴市越生彩印有限公司
开　　本　787 mm × 1092 mm　1/32
印　　张　7.75　　插　　页　4
字　　数　134千字
版　　次　2018年7月第1版
印　　次　2018年7月第1次印刷
书　　号　ISBN 978-7-5540-1276-5
定　　价　32.00元

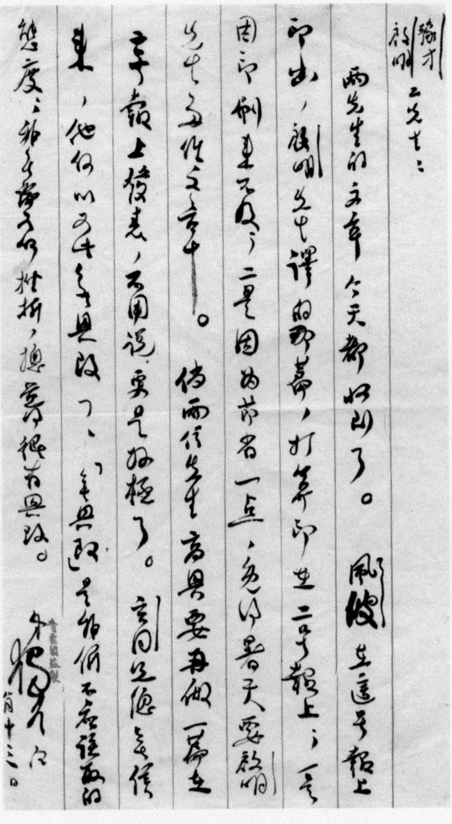
豫才
启明二先生：
两先生的文章今天都收到了。风波在这号报上印出，启明先生译的那篇，打算印在二号报上，一是因印刷来不及，二是因为节省一点，免得暑天要启明先生多译文章。倘两先生高兴要再做一篇在二号报上发表，不用说更是好极了。玄同兄总是无信来，他何以如此无兴致了，无兴致是我们不能谅解的态度，我们不能不佩服，总望他很有兴致。
弟独秀白
八月十三日

陈独秀致鲁迅周作人信

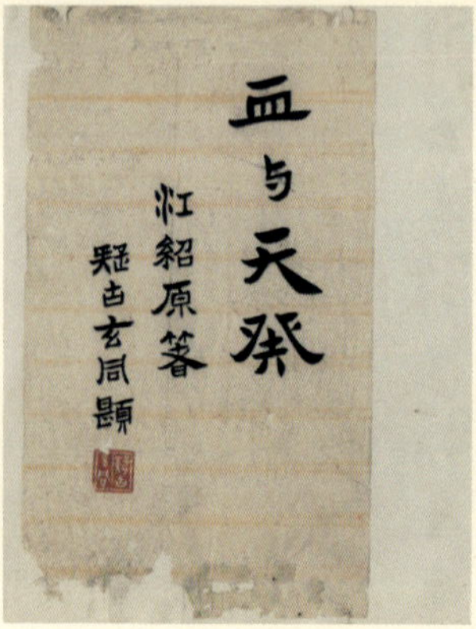

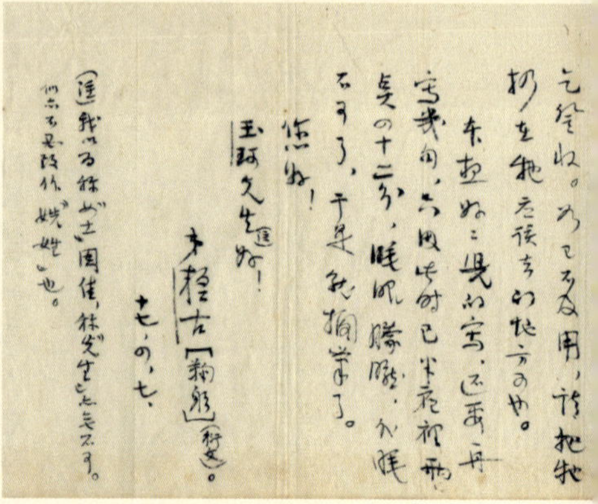

钱玄同致江绍原信

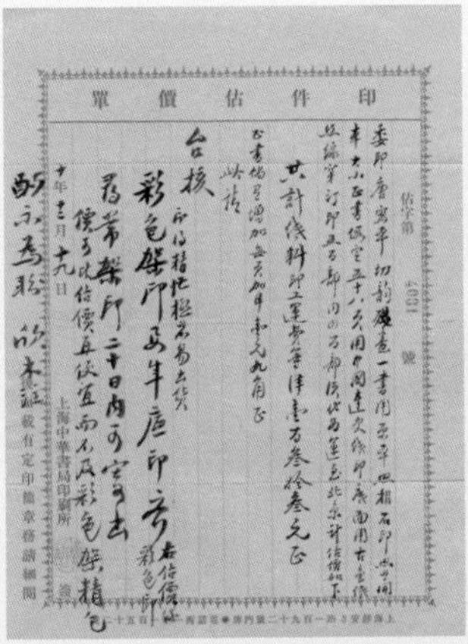
印件估價單

上海中華書局印刷所

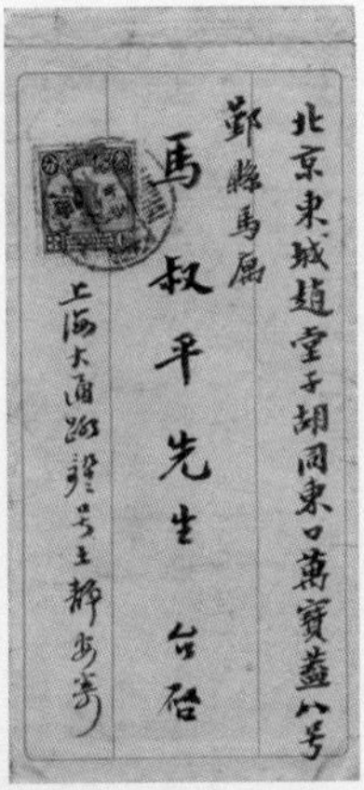
北京東城趙堂子胡同東口萬寶蓋八号

鄞縣馬府

馬叔平先生 台啓

上海大通路[illegible]

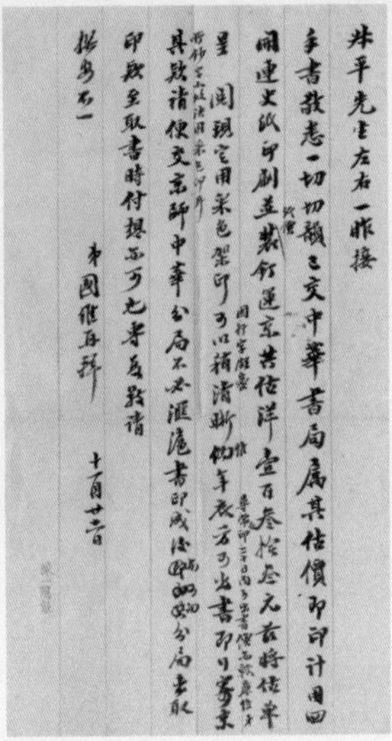
叔平先生左右

弟國維再拜

王国维致马叔平信

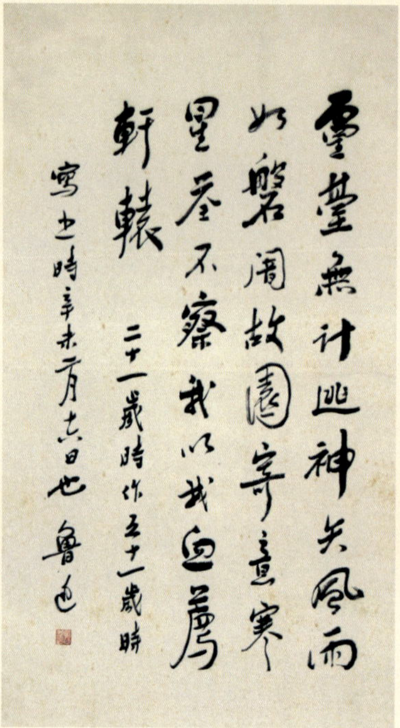

鲁迅《自题小像》手稿

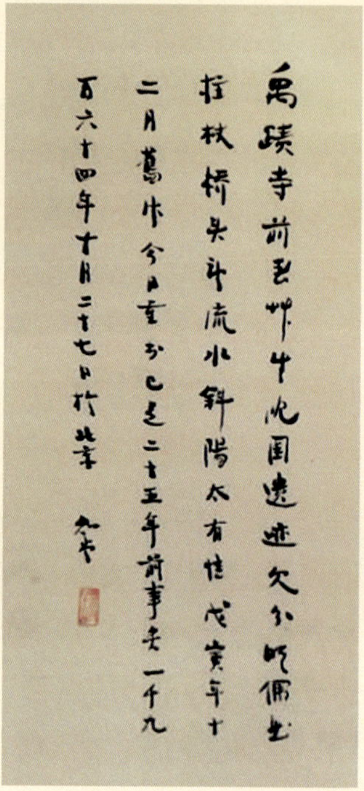

周作人诗手稿

自序

我写一点零零碎碎的记人文章，和做记者的积习有关。二十多年前，我在报社编《流杯亭》副刊，其中有个栏目涉及古今人物，属于打捞记忆的园地。没有稿子时，自己就得填空，于是留意类似的文章。好在有作家朋友的帮忙，甚至得到了黄裳、张中行、汪曾祺等前辈支持，栏目办了近八年，结识的作者多多，自己的趣味，也随之改变了。

从前读苏轼谈论历史人物的短章，觉得彼此不隔，好似炉前对话，趣味良多。但这个路数今人已经不再尝试，类似的文字似乎也难看到。五四之后的文章，学习西洋随笔者渐多，宋元以来的文脉断了，唯有京派文人还留有些许残迹，可惜已不能造成大势。因为大众的口味和作者的口味均已变化。是时风对于文人的影响大呢，还是文人对时风的影响大，一看就清楚了。

逸闻轶事中常常含有历史的本然之色。文化史的幽微之处，有时就在其间。教科书里的文章，是经过筛选的，许多重要的历史片段，无法进入文本。所以，读史与读人，还有另一类文字，那些“负暄琐话”类的闲言闲笔，就补救了某些不足。郑逸梅、张中行等人的文章一度风行，与此未必没有关系。而一些正史里的看法，也据野史笔记有所更改，这是后者的价值所在。

我自己没有考据的功底，历史感也稀薄得很，写这些文字，似乎也难逃附庸风雅的责难，只是自己的态度还算认真，所以不想去骗取读者什么。我对于近代以来的文人感受不深，谈论他们未尝不是隔靴搔痒。之所以还在那个世界停留很久，是为了寻找遗失的存在，看看它们对于今人是否还有意义。所得呢，也是喜忧参半，有时候也怀疑自己的选择，也许是在不断编织精神的幻影吧。

写陈年往事，今人有不同的方式。启功生前不太赞成作家一味地吐苦水，以为人生多姿多彩，有超脱的眼光才对。他看见张中行回忆里的苦状，就觉在记忆里浸泡过久，于是说，过去的就过去了吧。启功先生自己的文章，嬉笑怒骂都有，有时用幽默的笔触调侃一下众生相，遂又跑到庄子式的意境里了。但张中行不是这样，他要揪住历史的瞬间，放大记忆的底片，将其打印出来，给世间的过客们看：瞧，我们也曾有过这样的人生！他写蔡元培，写胡适，写北平胡同里的人物，好似有佛门普度之音，断不了的是慈悲心。对于古今人文脉络的处理，也未尝不是自己信念的折射。

有时看到一些人生前把记忆的痕迹铲掉，觉得很是可惜。像杨绛对于手中信件、日记的处理，对于研究者来说都是不小的遗憾。但杨绛的考虑也不无道理，有些远去的恩怨，纠缠下去实在不值得，清白好于浑浊，让世间更平淡才好。但有些记忆损失了也真的可惜。比如台静农对于鲁迅，是有独家心得的。然而他晚年在台湾写字画画，就不能触碰鲁迅。因为那是禁忌，二十世纪五十年代到八十年代后期，在台湾看不到鲁迅的书，倘谈论鲁老夫子，会有牢狱之灾。台先生最该写的文字没有出来，实在是一大憾事。这样的遗迹消失，是永远不能复原的。

我的老母亲八十六岁了，近年来渐渐失去记忆，每天都像个孩子似的好奇地看着周围的一切。有一次我偶然发现她未完稿的回忆录，便读给她听，希望能够唤起她的记忆。当母亲被那些远去的战争声音叫醒的时候，眼里有点忧郁的神色，好像记起了什么不快的事情。然而很快又平静下来，似乎什么都没有发生。在记忆模糊的时候，她年轻时代留下的痛感也消失了。

这时候我感受到了失忆的母亲给自己带来的苦楚，当以往的时光与生命感受没有关系的时候，某些意义也在丧失。忽然记起一位熟悉的作家在一部小说里对于失忆者的描述，那些失去言说能力的人，掩埋了人世间许多的悲欣。这对于健全的人而言是一个遗憾，因为那些曾经的存在与我们未尝没有关系。

记忆研究是一门学问，内中的道理显然很深。私人记忆与群体记忆间的关系，梳理清楚也并不容易。有一次见到在东北插队的老友，谈及那时候的知青生活，场景的还原竟然完全不同。后来有人建立了微信群，时常谈及青年时代的往事，我发现，自己认为重要的，别人没有记住，而所能笑谈的，竟是一些无关紧要的花絮。于是我想，言说出来的，未必是记忆的本真，鲜活的人与事，还静静地躺在时光的深处。差异性的记忆，以及记忆的选择性，构成了精神的不同路向。这路向何以形成？每一种存在都有价值么？看来在基本问题上，我们还没有全弄清楚。

这一本书也算是历史碎片的一种，都与自己多年关心的话题相连。那些行走在我们前面的人，常常让身后的人看不见他们的表情，能发现的仅仅是路上之影、风中之音。近代史曲曲折折，说它是一条苦路也不无道理。路苦，而影子却印出形体的曲张、开合，让我们窥见了精神的刻画过程。我们因一种思想的承接而寻觅前人，其实想知道的是自己应如何走路。人的一生相同的地方很多，最不同的一个是走别人的路，一个是走无人走过的路。后者更悲壮，也更能体现创造力，然而尝试者殊少。看看前人的一些选择，自己总有一种惭愧之感，文化语境相隔过远，我们与前人就天各一方了。如此说来，写作也是搭桥，为的是弥合陌生者之间的鸿沟，我们还是应该跨过它，不要相互隔膜为好。

二〇一八年六月十二日

目录

陈独秀晚年信札

一个人到了晚年，倘还写作，大概会有很真实的东西在，所谓老之将至，其言也善吧。近读陈独秀晚年致台静农的数十封信札，感慨万千。这些遗稿大多藏于台氏后人手中，台北“中央研究院”中国文哲研究所主办的《中国文哲研究通讯》第十三卷第一期刊出了其中的文字，读来如见陈氏的容貌，形象可感的东西颇多。研究现代史，这些信札是不可不读的。可惜中国大陆的读者暂时还读不到它们，陈氏晚年的情形，并不被世人明了。

自从离开政坛，陈氏的精力主要是放在两方面，一是继续从事政治文化研究，力主托洛茨基的某些观点。二是潜心学问，回到史学与文字学中。他在和台静农的交往中，述学的时候颇多，也偶尔言及人事，性情依旧，只是讨论学问的兴趣更浓，俨然一个学究了。那时他潜心于文字学研究，讨论的是《说文》《广韵》《集韵》《尔雅》里的问题，我们这些外行，是看不太懂的。但透过其中的语态，倒可看到他的精神本色：第一，不依附于权贵，还如过去那么恪守节操。第二，以忧患之心穷极历史。第三，又回到“五四”前后的状态，以文化梳理为本，建立新型的学术理念。因为那时他身心疲惫，病魔缠身，许多工作不能如愿去做，便希望自己的友人能动手做他未竟的工作。给人的总体感觉是，陈氏在晚年，又回到了学者的状态，立足于学术，试图实现在尘世中无法完成的事业，这也可说是一种理想归宿吧。一九四〇年三月九日，他在致台静农的信说：

> 静农兄左右：
>
> 兄与老舍来此小聚即别，未能久谈为怅！闻兄返白沙时颇涉风涛之险，甚矣，蜀道难也。魏建功同学倘已到白沙，请代向其乞赠《天壤阁甲骨文存》一册寄下。甲骨文以最初王、刘所藏及最近研究院所获者为最可靠也。闻蔡先生故耗，心颇悲痛，留白沙之北大同学有举动否？留江津者不知有几人，能会合而公祭之否？

此信写得颇为凄凉孤寂，但又体现着学人的风骨，全不带他在党内时的躁气。对一位曾叱咤风云的人物而言，隐退江湖之时，心绪往往是复杂的。老舍与台静农的光顾，确给他带来一丝快慰。在他眼里可信任者不多，唯有那些像台静农一样的书生，让他感到温情。此时“五四”时的旧友多已逝去，蔡元培、鲁迅、钱玄同的病故使其哀凉不已，身边可谈心者，唯旧京的几位故友。台静农外，沈尹默、魏建功和他均好，学界还有一片净土，有真人聚集于此，那是令人不胜欢欣的。在四川江津这样一个偏僻之地，陈氏也常受到谣言的攻击，比如有人诬其从国民党那里每月得三百元现金，他只好请台静农等友人出面辟谣。对外交往的时候，他也常常苦于人心之险恶，像王云五这样的出版家，对陈氏的书稿压了许久不予出版，在他看来，是只“认得势力，不认交情”，殊可叹也。看陈氏晚年的信札，觉得他已大彻大悟，因把红尘读透而生出哲人之思。其状与鲁迅是有几分相似的。

坦率地说，陈独秀在学问上，是堪称独步的。他曾拟作《宋末亡国史》《明末亡国史》二种，惜未着手。而他已完成的《小学识字教本》却让人惊异，闪烁着智者的光芒。他读书很多很杂，又能在不疑之中生疑，是很有锐气的。如一九四〇年七月十日他在致台静农的信中说：

静农兄如握：

一日函及前一函均收到，编译馆书向归商务出版；其预算中想无印刷费，特意筹款刻弟书，恐怕是一句搪塞的

> 话，倘陈馆长真拟刻弟书而又筹款不得，不妨将续寄之稿费五千元全部分或一部分收回应用。最近寄来之三千元，弟尚未付收据，收回手续尤为简单也，可否以此意告之陈馆长，请兄酌之。弟日来头痛大致已好，惟耳轰头昏重仍如旧。阳、入应统于阴，自顾炎武至黄季刚古韵分部，阴、阳、入分列，均根本错误，惟戴东原合阴、阳、入为九类方法极好，而分合亦未尽当，例如不知歌、寒、曷等为一类，友、清、锡等为一类，摸、唐、铎等为一类也，如此之类，不克悉举。建功兄《古音学》一书，弟未读过，不知其意见与鄙见出入如何也？兄手边倘有此书，能寄借一读否？

他在政治舞台上是个斗士，在治学之中也火眼金睛，人生与学问，确是不能明显分开的。以他那样广阔的文化视野，晚年何以对小学发生兴趣，且研读很深，对后人而言，是一个谜。语言与音韵，离他的文化信仰似乎有着遥远的距离。但细细一想，语言文字学，乃文化研究的起点，也可说是基础的劳作。思想与思维有关，思维又是语言的思维，探讨文化，如不落实到语言问题，有些事情便不容易讲透。如此说来，他做的是最基础的工作，又是很苦很深的探讨。陈独秀回归到这个世界，心灵应是充实而欣慰的吧。

陈师曾的妙笔

明代以后的文人，对北京城的风情已有了相当的认识，关于它的书与画，渐渐多了起来。清末，洋人打入北京，那时百姓的生活图景，偶可以从他们留下的照片中看到一二，不过这些实景大多已经消失，今人已很感隔膜了。现在谈起旧北京的生活，有两个人的创作给我们留下深切的印象。文的方面是老舍；画的方面，则非陈师曾莫属了。看这两个人的作品，我的心会猛烈地跳起来，好像被大的悲悯激动了。老舍与陈师曾，都是有慈悲心的人。他们表现底层百姓，有着纯真的情感，内中亦蕴藏着大的哀凉。现在醉心京味的文人，有时有点故作高雅，只得老舍等人之形，而失之于神。其实京味儿艺术在老舍、陈师曾等人那里，从来就不属于雅士的世界。

前几日看北京出版社新版的陈师曾画集《北京风俗图》，内心久久不能平静。作者用那淡淡的墨，竟真切传达出了老北京的凄苦，民间的生死、街市的冷暖、政治的昏暗，都被精妙地呈现给读者。陈氏作画，固然有灵秀的趣味儿，清丽、精美，却毫无做作之态，有一点像鲁迅，俯身打量着芸芸众生，内心深处还是哀其不幸，怒其不争吧。现在的一些民俗画，不知为何多了一些悠闲与唯美。陈师曾不是这样，他借了故都街市的一角，写出人生之多艰，是有着深长的情韵的。

陈师曾是鲁迅的同学、同事，关系甚密。他生于一八七六年，逝于一九二三年，名衡恪，字师曾。其弟陈寅恪乃史学大家。他们兄弟二人，在才、胆、识、力诸方面，均过于常人。查鲁迅在北京时期的日记，与陈氏同逛书肆的记载颇多，鲁迅对他的绘画，言有中肯。《域外小说集》封面题字，就出自陈氏之手。至今，我们在鲁迅博物馆里，还能看到陈师曾的许多绘画。那些作品朴素可爱，全然不同于传统，有一些现代人特有的情味，动人之处殊多。鲁迅在《〈北平笺谱〉序》中说：

> 及中华民国立，义宁陈君师曾入北京，初为镌铜者作墨盒，镇纸画稿，俾其雕镂；既成拓墨，雅趣盎然。不久复廓其技于笺纸，才华蓬勃，笔简意饶，且又顾及刻工省其奏刀之困，而诗笺乃开一新境。

《北京风俗图》收作品七十幅。多为底层人的写真，有收破烂者、吹鼓手、拉骆驼、说书、喇嘛、卖糖葫芦的、磨刀人等等，真是一组斑斓多致的人间风俗图。他的构图颇为简单，人物大多传神，而不费笔墨。像印象派与写意派的融合，散发着现代人的审美情调。陈师曾画人以神带形，形简意深。作者只表现单个的人和几个器物，但你看他的画，却像背后有辽远的背景，旧京的凄凉、喧闹、贫困均呼之欲出。他之后的许多画家表现北京，均竭力昭示故都的繁华、京韵京味，却总不及陈师曾那么举重若轻。《北京风俗图》像一篇篇小品文，内容看似单调，实则有长长的情思。他的作品常让人想起丰子恺。丰氏作画有一点禅趣儿，唯美的倾向较浓。陈氏则像个半是冷酷半是微笑的智者，有着无量的哀凉。丰子恺笔下的人物清凉者较多，可谓以善对恶；陈师曾却常在灰色的环境中发现人性的脆弱，即使是典雅之图，也让人观后有难言之隐，好像拖着长长的苦影，人世间的酸甜苦辣，尽入其中。研究北京的风俗与知识分子的关系，陈师曾提供的话题，不知要超过别人多少倍呢。

中国过去的文人画，一直有点顾影自怜，唯缺少哲思，一直不被世界看重。自陈师曾出，面目一新，旧的套路被打破了，新的途径被开辟出来。有学者说《北京风俗图》里有西洋画的影子，但平常人并不能看出，境地真真是高。将域外的审美情趣糅于笔端，写国人的精神，且颇带东方风情，是殊难之事。

陈师曾以惊人的妙笔，达到此等境地，暗示了文人画的巨大潜能。中国旧画中有许多好的表现因素，只可惜作画人观念陈旧，老气横秋，与今人趣味相差甚远。但聪明的人只要精神一变，带着现代观念泼墨点染，便会生发出新奇的气象。林风眠之写江河野趣，吴冠中之画都市生活，气韵上都外接西洋的个人意识，内衔东方的写意精神，故能东西合璧，趣味良多。陈师曾以来，这样的高人不多。关于北京的风俗画，我看了许多，唯陈氏的给我印象很深，不忘于脑海，这也证明了大师之作，逆俗震伪，有洗心革面之力。文坛与艺坛上，要寻找这类人物，已不容易了。

鲁迅的手稿

鲁迅身边的朋友，都知道他不是一个自恋的人，对于自己的优长，不太爱表白。比如几次应邀给自己的外文版小说集写自传，都不超过一千五百字，开笔不久便急急收尾。他常常怀疑自己的价值，作品且不说，手稿等物，随手丢弃，以为不足道。他北京时期的墨迹，我们可看的已经不多，不知散落在何方。直到晚年，他还拿着手稿裹油条，外人看了很觉可惜。要不是有人提醒许广平保留它们，也许我们真的看不到多少遗墨了。

对鲁迅的手稿，出版界一直情有独钟。“文化大革命”结束不久，文物出版社出版过鲁迅手稿全集，震惊了读者。那是一个珍贵的版本，可惜现在不易见到了。后来有出版社陆续推出鲁迅手稿选，都精致美观，品相也各有千秋。近来我得到一套人民文学出版社新出版的《鲁迅手稿丛编》，颇为欢喜。其书印制之好，完全出乎我的意料。鲁迅遗墨的价值，在书中一一浮现。

我对于版本向无研究，故不能道出其中的一二。然而鲁迅的手稿，可引出许多趣事。关于收藏和保护手稿的故事，人们已谈了许多，它自身的美质引来的话题，则一时说不完。

现在能够看到的最早的鲁迅手稿，可能是他青少年时期抄录的《镜湖竹枝词》《二树山人写梅歌》《恒训》等。他那时候的字迹虽然幼稚，但形体稳健疏朗，有柔情于斯。越到后来，他的字越见佳境，点划之间似乎有幽思浮动，墨入纸处仿佛有光。许多书法家喜欢鲁迅的字，我们看郭沫若、沙孟海等人的文章，谈及鲁迅都表示很有好感。有人说他的书风来自魏晋，那是对的。他临帖的范围，以魏晋为主，因为喜欢汉魏的文物，自己有意收藏它们，渐渐形成自己的风格。我们这些不懂书法的人，看他的墨宝，便也如读古人的书家作品一样，感觉有异样的美感飘来。那里有神奇的气韵流动，章法错落有致，温婉与朗健均有，整体的和谐与局部的清秀小巧并存，渗透着一股诗意。学者孟会祥总结鲁迅的书法特点是“简、古、率、雅、遒”，其中妙义，已经说得很全面。

我自己读鲁迅的手稿，有多重的感受。一是想见其人之美，内心的清秀一看即知。人们说鲁迅怒气多，但那字迹却柔美得很，暖意暗藏其间，这恰是他的原色。二是愿意借此看他修改文章的痕迹。这一点对于了解其文章之道，亦有帮助。我们在先生墨迹的点滴里，能够感受到他的严谨和博学。

比如《藤野先生》的手稿上，题目原是“吾师藤野先生”。从他去掉原先的题目，可看出其表达的微妙性，推敲间有另类的情思在。《关于太炎先生二三事》，从手稿中可看出他选择词语的智慧。而为了历史判断与人格判断的精准，次序安排与文献的选择，都有独具匠心之处。有的文章的修改，为了意思的简洁，去掉枝蔓，有的为了阅读的乐感，词语的选用颇见深意。《五猖会》手稿典型地表达出词语的音乐美，在修改的痕迹中，可看出作者对于汉语节奏的良好控制力。他写文章，避免重复的词语出现，表达多见创意，说过的话，不愿意再讲，涉及相似的意象，则以不同的格式为之。比如《文坛三户》分析破落户的一段文字：

原文：

那文雅是装来的，从破落户看来，这就是所谓俗。不识字人不言俗，他一掉文，又掉不好，那一言就俗。和破落户的杰作几乎相同，但一定还差一尘：他其实并不“顾影自怜”，倒在“沾沾自喜”。

修改稿：

> 破落户的颓唐，是掉下来的悲声，暴发户的做作的颓唐，却是“爬上去”的手段。所以那些作品，即使摹拟到和破落户的杰作几乎相同，但一定还差一尘：他其实并不“顾影自怜”，倒在“沾沾自喜”。

修改后比原来要生动、形象。原先的文字亦好，只是在别的地方说过类似的句子，便抹掉。这是他的洁癖。孙犁、张承志都传染了鲁迅的这个洁癖，选字炼句，奇意暗出，陌生的表达里，有天然的乐趣。朱正先生有本专著《鲁迅手稿管窥》，专门讨论这个话题。他对照原稿、弃稿，对于鲁迅的审美意识和思想的表达特点有过认真的分析。研究文章学的人，可以好好看看这类分析文字，这对于我们领会中国文章的妙处，会有不小的启示。他认为鲁迅修改文章不都是删去可有可无的字句，还能够看他“怎样从一些近义词中选出一个最恰当的来，从而使文章表达得更真确、更生动，更鲜明”。朱正的看法，确是代表了学界一般的见识。

晚年鲁迅的手稿尤为好看，行文飘洒自如，几臻化境。稿纸很淡雅，字写得不大，但六朝的味道散落在起承转合之间。读这一版《鲁迅手稿丛编》，好像能看到鲁迅的形影。悄然落笔中，细雨无声，疏落间有微微古风，静谧中蕴含着万千气象。

你难以想象温和的文体里滚动着惊雷阵阵，于此生发的浩大情思，直扑眼帘。中国的好文章是毛笔写出来的，键盘上未必能产生如此美妙的杰作。鲁迅不仅为我们留下了汉字书写的瑰宝，亦搭造了与古人对话的通道。古老的笔墨反射的是现代人的喜怒哀乐，那楚楚动人的手稿打通了古今气脉，新旧之间延伸了无限的智性。编者王培元说阅读鲁老夫子的遗墨，乃一次精神的沐浴，大有“魂飞魄散”之感。诚哉斯言，信哉此叹。

鲁迅藏品小札

多年前和朋友们一起编辑鲁迅研究资料，艺术品部分引起了我的好奇心。忽然见到那么多精美的作品，对先生的生平，有了另一种理解。许多疑惑，得以冰释。

鲁迅生前喜欢收藏各类画作，其中来自俄罗斯的数量可观。俄国图像多是异域风情与日常生活的诗意的表现，对于不懂俄文的鲁迅来说，是一本直观的教科书。有些资料是他有意托人购置，有的则是无意间得之。前者被他编辑出版者多多，如《引玉集》《死魂灵百图》已成艺林佳话。后者没有来得及整理，遂不被世人明了。要了解鲁迅与俄国之关系，不能不注重这些文献，而那些边边角角的资料，也是对其有影响的存在。

这里不能不提及俄国明信片的搜集。从现有遗物看，俄国的明信片三十一张，有列宾的作品，也有库兹涅佐夫的佳作。所含内容十分丰富。一些明信片含有寄信者的话，特别提及建筑物的地理方位、价值，对鲁迅都有不小的提示。如，一九二六年，李秉中到苏联后，寄来三封明信片，分别有留言：

其一：

> 列宁墓，完全是木制的，棺在墓内，可入参观，棺盖有玻璃，可见列宁面目。背面的城名“中国城”，即皇城，苏联政府与第三国际办事处在此。

其二：

> 伟大的铜像，我不知道他的意义和历史，就在“中国城”外列宁墓侧。

其三：

> 皇城旧名“中国城”，内为旧日皇宫，今为苏联政府与第三国际所在地。临莫斯科河，距我现住地可千武。“中国城”之名，闻为昔元朝或突厥征服俄国所聚居得名。

一九二六年，鲁迅开始注意到俄国社会的变化与文化之间的关系。他已经读过托洛茨基、布哈林等人的资料，并通过《俄国文艺论战》，嗅出其间的气息。俄国资料给他两个印象，一是那里进行过惨烈的战争，死人甚多。另一方面，艺术里也有许多安静的存在。比如他看到的多个托尔斯泰的肖像画，都是忧郁的样子，在思考里面对着天地。涅克拉索夫、列宁的肖像都很温和，血腥是看不到的。不过，鲁迅除了希望了解俄国的过去外，对俄国现在的变化，是有体察的渴望的。一些图片满足了他的需要。一九二九年七月，曹靖华给鲁迅《新俄画片》多幅。除了几个思想者外，多是普通人的绘画。奥尔洛夫《沙皇时代鞭打农民》、彼得罗夫《割麦女人》、格拉西莫夫《农民赛雪橇》、库兹涅佐夫《披红头巾的女人》、舒赫明《铸工》，在意象与气韵上，都有中国绘画所没有的元素。

俄国革命后，知识分子的反应强烈，有不同的思想的交锋，鲁迅从相关的资料里已经注意到。但他所看到的苏联百姓的生活，与革命前有显著变化。沙俄时代的受虐、新俄时期的主人公精神，反差是大的。他在工农大众那里看到了微笑。虽然不知道那些艺术品背后的推力何在，但底层人的显著变化，与鲁迅的大众意识的形成，未尝没有关系。

艺术品的世界，对现实的超越是不可免的。艺术不等同于现实。但那里的精神点，也有国民精神的伟力无疑。一九三六年，王冶秋给鲁迅寄来多幅俄国明信片，其中那幅列宾的《一九〇五年“十月”游行》，狂欢的场面有浪漫的高蹈和写实与印象派的交融之气，在格局与气韵上有江河之魄，那种畅快、自信、放达，总会让读者为之销魂。鲁迅看到此画的感触如何，我们不得而知。但它给人所带来的审美冲动，与鲁迅的文字多少有些接近。列宾的另一幅作品《托尔斯泰在读书》，笔调完全不同于前者，那种微妙的情思，透出思想者的博大，目光里的忧郁楚楚动人，给人的震撼感是强烈的。这种忧思里的托尔斯泰，我们在鲁迅的文章里也能够看到。王冶秋主动把这些作品寄送鲁迅，是因为看到彼此的呼应也说不定。鲁迅对这些图片保存完好，这成了其藏品里不可多得的部分。

从这些俄国明信片的选图来看，俄国对革命前的艺术品还都保存着。至少在一九三四年之前，文化的领域还有不同的声音。而设计者也有唯美的倾向，对绘画作品涵盖的内容有喜爱之处。能够感受到革命之后的俄国，艺术没有都僵硬在观念里，思想的冲动与艺术的冲动，还能够较为和谐地呈现着。这是这些作品难得的一面，时代与艺术之关系，好似也有了相应的说明。

明信片里的俄国，有宣传画的理念在，但也未尝没有轻松的、软性的存在。鲁迅遗物中还有苏联儿童的肖像片二十七幅，这些摄影作品制作的明信片，在调子上尤为轻快，没有社会主题的沉重与焦灼，人性的亮丽之光闪烁着，有着迷人之处。孩子的神态多姿多彩，天性里最本色的存在，已无法以阶级意识简单解释。鲁迅从中感到了超阶级的快慰还是对无产者解放的欣慰，我们无从知道。但这些遗物的存在，给收藏者以喜悦，大概没有疑问。这些作品内在的气质，让我们联想起中国孩子的可怜。一对比，读者就会心生神往也说不定吧。

儿童主题，是鲁迅注意的。他后来还收藏过苏联儿童版画多幅，那些童真的艺术可让他精神放松。鲁迅觉得，俄国的好处是革命的时候依然还有悠然的散淡的美的灵光在，依然有艺术家保持人性的温度。这在中国，是不可思议的。俄国画家描绘儿童，和描绘战争一样用心。他在与极左的青年作家争论革命话题的时候，就说："革命有流血，也有婴儿。"所指者，当是如此。鲁迅后来翻译俄国的多部童话作品，与这种心境不是没有关系的。

显然，在相关的资料收集中，他把俄罗斯的艺术之美与生活等同起来，他没有意识到，许多更好的艺术家在那时候遭到了不幸。对于俄国深层的存在，他是一个隔膜的观者。在那样的时期，对于他而言，许多因素阻碍了对异邦的认识。那些零零散散的资料，对于了解一个国度深层的存在，还是不够的。

鲁迅搜集俄国的图像资料，是与其翻译活动和编辑活动有关的。在与青年朋友编辑文学期刊的时候，他把外国的插图放到文章之间，使图文相得益彰。《莽原》《未名》《奔流》《十字街头》，都有大量的插图，这些使读者在了解俄国文学的同时，也从色彩与线条中感受到另一个俄国。

俄国图书里的插图甚好，鲁迅对其间的内容颇为肯定。他在自己所译的作品里，尽力配图，以此增色。在为青年翻译家编辑的俄国小说里，他也搜集了大量版画作品，作为插图放置于书中，遂有了许多味道。

在介绍勃洛克《十二个》的时候，鲁迅用了马修斯的插图，那幅勃洛克的肖像画，看得出诗人忧郁的样子，传神的目光与漂亮的诗文对照起来，有一种格外的意蕴。许多俄国画家的插图鲁迅颇为喜欢。法复尔斯基的作品，在鲁迅那里有多幅，几乎篇篇都好。这在鲁迅的眼里是不可多得的存在。法复尔斯基曾留学德国，又在莫斯科大学艺术系读书。他是个有世界眼光的人，作品不局限于俄国作品。鲁迅称其“自成一派，已有重名”。鲁迅收藏的他的插图都有深度，《梅里美像》颇为动人，人物的形态、心理与周围的环境，均被生动地表达出来。他所作果戈理《伊凡·菲陀罗维克·斯朋加和他的婶娘》插图，给人一种宁静而幽默的感觉，民风里的爱欲，被罩上怪诞的光环，煞是好看。法复尔斯基还为斯派斯基《新年的夜晚》作过封面和插图，照样有风骨。战争年月的残酷与士兵生活中凝重的一面，被巧妙勾勒出来。法复尔斯基的线条有幽深的历史感，背景里的愁思和无边的苦楚流动着，有精神世界罕有的冲荡之气。中国的画家，有谁能达到这样的境界呢？

法复尔斯基的作品很多，他的表现力度十分惊人。比如在为但丁《神曲》作画的时候，地域的惊恐与温和的人性之爱并存，惨烈与明快的氛围交汇流动，有愁思万种、心绪无涯之态。他对宗教的理解，对动物、草木的表现，都有温情。在小小的空间，能够昭示出如此丰富的哲思，是画家的情怀所致吧。

我当年在鲁迅博物馆工作时，偶然看到这些藏品，心为之一动，暗叹鲁迅的眼光和嗜好为俗人所无。这是看不见的背景，它们支撑着鲁迅审美的维度，是其精神元素里的重要存在。我们读一个作家的生平，常常要看他背后的遗存。看那些没有被其置诸文字的存在，可能注释着什么，提示着什么。研究鲁迅的人，不妨从这些藏品入手，那里有可久久驻足的景观呢。

戏曲文献之趣

对做学问的人而言，史料的搜集整理最难，一般人望而却步。我自己就不敢泡在其中，耐不得寂寞还是主要的。日前得到郑志良先生新作《明清戏曲文学与文献探考》，见到许多鲜见的资料，颇受启发。郑先生治学，有乾嘉学派遗风，又多晚清民俗学的余绪，我觉得这是学界难得的真学问。我看这本著作，多了一种好奇心，书中的许多考辨恰是民初学人苦苦要做的工作，五四那代学人提倡的从野史与民间史料寻找文化脉息的劳作，被我们的作者很好地继承下来，且能引出诸多话题。

传统的读书人看不起梨园文字，觉得俗气缭绕，未见真谛。王国维作《宋元戏曲考》，自是别有深意。晚清的学人章太炎产生的影响甚广，他的弟子中喜欢戏曲的寥寥无几。黄侃讥讽曲学为小道，那是因为有雅正文学的庞大系统在，他不能领会戏曲的妙谛也是自然的了。

章太炎的另几个弟子却学会了走不正宗的文化之路的样子，有的是新文学的发动者、参与者。鲁迅、周作人、钱玄同等，后来都与章太炎有点距离。他们看出旧文学的问题，从白话文里寻找表达的可能，但没有将古代的戏曲资源作为思考问题的凭借，实在也是那时候的一个盲点。新文化运动初期，钱玄同、周作人关于旧戏的讨论，不免有些独断，未能让人信服，而鲁迅对于京剧的讽刺，只可作一家之说来看，作为对艺术整体的思考，这类判断尚需做思想的厘清。

周氏兄弟关于正宗诗文的批评，从他们的爱好里可以看到一二。鲁迅关注小说，周作人探讨民俗，兴趣点都不合旧式文人的主流。可是对戏曲的若即若离，影响了他们对艺术史整体性存在的把握。因为意见性的因素多，而表述不够系统，以致带来误解。

其实，周氏兄弟对戏曲的认识，还只停留在人类学与民俗学层面上。他们藏品中的戏剧资料，被研究者一笔带过，仔细分析者有限。鲁迅说自己喜欢社戏，晚年回忆绍剧的《女吊》，赞佩的地方很多。较之于被宫廷化与士大夫化的京剧，未失原始意味的绍剧，确是弥足珍贵的存在。那里野性的和冲荡的气韵，给他带来的快感是可以想见的。

但鲁迅很少分神凝视戏曲里的资源，与翻译、创作的趣味关系很大，吸引他的更多是小说里的智性。他对音乐与戏剧某种程度上的隔膜，使其判断艺术问题时，有了旧文人没有的东西。民国旧文人是喜欢泡在梨园里的，鲁迅总觉得那里病态的东西多。他讽刺梅兰芳是“扭扭的样子”，原因是没有阳刚的气质。可是我们细细分析他小说里的对白与结构，旧戏的因素未尝没有。在《故事新编》里，传统戏剧的形式是暗含在其中的。得形而忘意，是其精神特点，古老的艺术在他那里不是被整体迁移过来的。

在一些文章里，鲁迅偶然以戏曲的符号为自己的表达添彩，比如《二丑艺术》。但那不是说戏剧本身，而是借此讨论社会的问题。使中国文人浸泡在戏剧里的那种温和、惬意的意蕴被其扬弃。在某种意义上，鲁迅的冷静，倒透视出古老戏剧里本质的问题。他觉得，戏曲提供的察世观人的资源，也是不能忽视的。

但周氏兄弟关注的明代文人，就不是这样。他们的文学成就，往往与戏剧有千丝万缕的联系。离开戏剧谈晚明的士大夫生活，似乎就缺少了些什么。

我们现在看晚明文人的书，常常感叹那一代文章之好，背后有戏剧的元素。像张岱这类文人，词章没有道学气，就那么自然地游走于山水、城乡之间，点画出优美的心绪。文章的轻巧，令今人只能叹息。不过，我们看他们的文章，知其得到民间资源之助无疑。郑志良《明清戏曲文学与文献探考》写到山阴一代文人的业余生活，就提到其非正统的艺术喜好。张岱对于梨园票友彭天锡的描述，颇见神采。绍兴的戏剧舞台与文人关系，在此有颇多意味。浙东的文化风气，于此可见一二。

郑志良发现了周作人藏书里的难得资料，山阴文人潘素心《不栉吟》《不栉吟续刻》里，有许多关于戏剧的文字，都是“正经”的文人所没有的东西。郑先生在《山阴曲家周大榜与花部戏曲》中言及周大榜的戏曲理念，是在传奇里保持正统的儒家道德观念，则体现出文人思想深处之特别。周氏兄弟对于浙东文人的艺术趣味多少有些关注，但没有细细研究，或只是注意文本而少精神共鸣，这可能与他们的审美走向有关。

在山阴文人中，周氏兄弟言及最多的是王思任与张岱。他们的文学活动与戏曲之关系，也颇值得一思。《明清戏曲文学与文献探考》谈到王思任批点戏剧文本，以及张岱家族与梨园的几十年缘分，从中可以看出明代文人精神在诗文之外，自有另类寄托之所。他们的文章能够颇多神采，和戏曲的关系一定是深的。张岱兄弟刊刻《牡丹亭》，王思任为之评点，都是文坛趣事。那种从旧文人的精神旁溢出的灵动的思想，是从戏曲中得到的启示也未可知。

王思任那句有名的“会稽乃报仇雪耻之乡，非藏垢纳污之地”，其实也带着绍剧的朗然之气。但中国后来的艺术缺少了这些，鲁迅不再深谈京剧与戏曲，也有这方面的原因吧。而另一方面，旧剧里说忠说孝的儒家色彩过浓，鲁迅的考虑是颇有道理的。戏剧中离经叛道的元素，真的不可小视，因了这些存在，文人与百姓，都有了借以表达自己意愿的通道。在小说之外，旧戏的存在，的确敲开了审美的另一扇窗。

郑志良治学，有些超功利的倾向。他跑了许多图书馆，常年搜集珍贵的资料，且耐得住寂寞。他喜欢以新的史料说话，不空谈，戒虚妄，论从史出，又多奇思。我喜欢此书的原因，是作者提供了一个视角，为我了解浙东文人传统提供了资源。中国的古代艺术与文化，可探究的话题颇多，然而兼有新的眼光和扎实的学术功底的人毕竟太少，成果亦不甚可观。我向来觉得治国学的要懂一点西学，或有点五四的新文化理念。以现代的眼光观照那些沉睡的资料，则可以带来思想的愉悦。郑志良写明清的戏曲文学，衔接了诸多五四的传统，将此书与那时学人的著作对读，似乎可以看到一种现代学术思想的延伸。对于我这个门外汉而言，于中所得颇多，也进一步确信，鲁迅所说边缘文人的资料，对我们理解历史，真的异常重要。

朱希祖当年谈章太炎的读史眼光，以为重要的是从世俗之语的背后看出被遗漏的真相。人间的存在，多难以确切的方式记录，那些凌乱的人与事，偏偏被放在格式化的文字间。真的学者出来，说出其间的原委，则往往会颠覆我们的惯性思维。这种纠错的书写，原是历史学家的任务，然而如今也成了许多读书人的责任。朱正、邵燕祥的书，多属此类，那种近乎野史的叙述，往往有学院派高头讲章里没有的光泽。

近现代史有一个怪现象，我们对其中的真相得知越多，就越有失落之感。不独老一代人如此，中青年也是这样吧。郭娟有一本新书《纸上民国》，道出历史的许多真相，那是一本有关人物与史料的书，贴近历史的时候，就透出一种苦楚，洒脱里有挥不去的惆怅。比牛汉年龄小几轮的郭娟，接替《新文学史料》主编工作，精神自觉地延续了老一代的特点。但如果说这只是职业习惯的延伸，也未必对，为精神和信仰而写作，她的选择也别有深意。

民国话题，在今天争议很大，刺痛我们内心的热点依旧很多。那逝去的时光里的人与事，我们如身临其境去体察，就会知道生在一个乱世中的知识人，何等艰难。有学者说这是未完成的现代性，也有人将其归于启蒙的歧途，争议中也有可对话的地方。吸引人的，可能是那生态的多样性，人的本真在此跳跃着。从中细细理出原委，当能见到世间的许多真相。

郭娟写五四以来的文人，有一种老到笔墨，她的随笔自然风趣，又杂以怀旧之调。因为对历史细节了解甚多，五四文人不必说，左翼以及左翼之外的鸳鸯蝴蝶派、京派、逍遥派文人，都成了其笔下的风景。她读各类人的文章，考辨其间的真伪，又看出那里的差异，便有了奇异的感叹。她最为佩服的是鲁迅，因为鲁迅的许多文章带有个性主义的紧张感，对于污浊之物毫不留情，其语之辣，散着热气。她的书中总有别样的笔致，如写张爱玲与胡兰成，用语颇为精准："在热络的情事上尽显人生的荒凉。"对于那些灰暗里的一抹光泽，她也能做理性的聚焦。有一篇关于周瘦鹃的文章，从容道来，说出风雨里的冷意，仿佛是寂寞里的寻觅。全篇乃隔世的一声叹惋，流失的诗意在丛葬中仅成一个悲悼的花篮。郭娟善写那些罹难文人的命运，胡风、冯雪峰、丁玲、牛汉的历史境遇，都让其难以释怀。这些人的有趣何以变为无趣，纯真怎样流为浑浊，都有所解析，在夭折的个体命运里，看出文化的缺失。这些描述，显得举重若轻，谈吐里有悟道之趣。民国以及中华人民共和国成立之初的文坛，好似与我们遥远，而郭娟则把这些内化在自己的生命里了。

近来书话作品流行，趣味在版本、逸事间。《纸上民国》不是这类的书，说它是思想者的随笔也是对的。其间也有机敏、风趣的表达，学术之思在一种感性的文体里出没，便使话题有了生命的温度。作者有时候与对象的存在没有多少间距，但一旦进入审美领域，则如远远眺望风景的行者，说出几句超然于外的真言。比如言及萧红，寥寥数语，已经把这位女性刻画得呼之欲出：

> 书架上，一大排中国现代女作家作品集，千辛万苦，萧红站在其中不容易。从文学品质看，她比冰心有力度，比丁玲纯粹，让张爱玲以冷冷的理性傲人吧，萧红有温暖的悲悯。鲁迅毕竟有眼力。至于男作家，无论萧军还是端木，都曾嘲笑过萧红的写作。萧红还不知挤出多少时间替萧军抄稿子……然而从艺术成就看，萧红已然超越了他们。

贴近历史，又飞动于历史之上，是章太炎以来的许多思想者的特点。在流转的时光里，一切都将过去，而刻在人内心深处的，都是开悟性的亮点。历史人物的高低，后人的品评，往往与其同代人不同。而后人也要有眼光，从被遮蔽的世界走出，其实也需才、胆、识、力。

文学史上大大小小的人物，艺术成就有高低，给人的生命启示，也各不相同。《纸上民国》对于失败之人的描述，尤有警示之意，从那么多的作家命运，看时代悲苦之迹，总让我们难以平静。比如关露，遵命潜入敌伪之阵，为抗日做出许多贡献，后来却成了罪人，被诬为汉奸。名节与使命、信仰与俗谛，不在一个层面。为国家大义而失去个人幸福，爱情、友谊、工作，统统丢失。路翎天才的陨落，岂止是文学的不幸？人间暗路漫漫，跨越道道屏障，最是艰难的历程。这是大风云里的无奈，人在巨变的社会，怎么能安定下来呢？大的风云之外，还有个体的小王国，郭娟的书，也不时涉及作家的私生活，鲁迅与许广平通信的隐约、老舍与赵清阁的爱意，都是乱世里的趣谈。赵清阁这个人物，折射出一个时代的隐忧，彼时的婚恋之路、文人雅趣，都被沉重的东西压着。从那些富有性灵的作家身上，看人间难以逃脱的噩运，真让人感到万分无奈。这是民国文人的不幸。但人间的真意，也恰留在这不幸的空间里了。

新文化运动之后，知识人寻觅新路的历史，留下的遗产正误交错。几代人寻路的苦思，牵连着旧邦新命的民族心结。我们今天面临的许多难题，都可以在那里找到源头，而难辨的是非，被流俗的词语遮掩，我们要还原它，需要一种担当与勇气。在真相不得显露的时候，写出它的细节，比发明空头理论更为重要。许多高深宏大的理论，都禁不起历史事实的检验，在细节里，真相浮出，伪言遁迹，史家之笔，抵得上千军万马。

悲观的老人们，常常对于未来的学术表示担忧，其实在今天，有抱负的中青年，何其之多。只不过他们有时不在公众的视野里，甚或是沉默的一族。《纸上民国》让我们惊喜的是见识与趣味。一是让我们知道，本着良心写作的人，依然存在着。二是让人嗅出了二十世纪八十年代的气息，且衔接了那个时代的一些话题。五四时期与八十年代的话语，至今魅力不减。我们今天的许多著述，未必能超出那个时代的格局。在我们这个时代，知道应做什么，拒绝什么，好像是轻松的事情，实则并不尽然。试看当下那些不痛不痒的文字之多，当感到五四传统，真的来之不易。

谈《梁启超家书》

在报纸上看到对郑培凯先生采访的文章，内容是，他年轻的时候轻视传统文化，叛逆心很强。出国留学后渐渐意识到传统的意义，开始研究古代遗产的精义。他的结论是，你可以不喜欢传统，但不可无知。而我们的教育对传统的态度，是有问题的。这使我感到，自从儒学式微，中国的教育一直处于摸索的阶段。新式的教育模式如何合理地处理心性与智性的关系，人们争论不休。早有人说，五四之后，中国的新教育破坏了文化秩序，把古老的遗风破坏了。所举的例子之一，是梁启超的家教如何成功，而鲁迅的那套则不行，他的方式，不及梁氏有效。新文化大师的后人中，几乎没有杰出的人物。

解玺璋兄近来编辑的《梁启超家书》，也涉及这个话题，其间的导读文字，别有深意。他是非学院派的学人，对梁氏其人其文的领会，都有新鲜的地方。为梁启超的尺牍作注，是还原历史的一个步骤，但归根结底是在为今人做一个人生观的说明，在功利主义教育盛行的时代，梁氏留下的遗产，倒可以反衬出我们教育模式的一些问题。

梁启超被持续关注，除了他自身的原因外，和他子女的骄人业绩亦大有关系。他几个后人的成就，也显出其精神背影的特别。有人据此研究他家教的成功，写过许多有趣的文章。我读他的家书，感受到其家教特别的地方，儒家的意味固然多，现代性的理念也未尝没有。倘若作生平史料或个人心史来读，也是可以的。这在那个时代，也确乎是一个特例。

《梁启超家书》刊载了梁氏致九个子女的信件，从一九一二年到一九二八年，按时期编序，其中附有《三十自述》《双涛阁日记》等。梁氏与子女的对话，显得耐心、亲切，学问与趣味均在，个性和情怀都刻印在字里行间。新文化运动前后，流行的思想很多，但他似乎养成了一种定力，不以流行的思想培育后代，推荐给孩子的多是古书，“四书”《史记》《资治通鉴》均有，苏轼、韩愈的文章常被提及，其知识结构和趣味也让人看得清清楚楚。不过，梁启超与孩子谈读书，都是在世界背景下，不都是啃古老的骨头。即以现代人的思维发现古人。而且，一面警惕读书中的八股意识，另一面也防范新学中狭隘的专业视角。古今中外不是绝对隔膜的，天下有用的知识均可入法眼，且能以寻常之语道之。大量的尺牍，传达的是读书之乐、工作之乐和生活之乐。让孩子分享自己的精神愉悦，但也不掩饰人生的挫折，能把黑暗的现实呈现出来，如何应对、怎样克服，都一一交代，且以真挚传染后人。在表达读书之乐的同时，又能以危机意识加以提示，使孩子们不要忘记处于忧患之世。他偶尔也把自己的苦楚、不安告诉家人，人间世原也是大的苦海，有己身的本领，方可渡过劫难。而其办法，就是知识与修养、品德与境界的提升。

五四之后，新文人把旧式教育的弊端写得清清楚楚，而梁启超却没有选择完全抛弃传统的道路，而是以新方法激活古代的知识，用心性的自然去吸取营养，告诉孩子古代遗风，亦可增加暖意、强化意志、塑造精神。涵养于儒林之中，超乎世俗之外。但倘不知俗谛，则会迷失于文字之中，成为无用的呆人。梁启超深知其间的道理，能把读书与生活一体化起来。书中之人与人中之书，在他的视野里是立体的存在，较之同代的书生，是颇熟悉育人的内在逻辑的。

读梁氏的文字，能感到气魄的大，家教里没有酸腐的气味。从私的角度看公的世界，又在公的世界瞭望己身，构成了梁启超尺牍的一个话语逻辑。他和孩子交心，没有盛气凌人的资态，谈世道人心，能把自己摆进去。比如言及佛教所说的“业”和

“报”，能以自身体验展开话题，告诉子女人的“自性”的重要性。他很少讲成功学，而是把应对困难作为话题的核心。在信中，他常常要求子女多接触域外的文化，到各国看看，从多个维度思考问题。在谈天说地间，将认识世界的快乐，与衣食之乐并举，全无说教气，保全了儒家的美质，又能将现代观念引入青年人的生活，那效果，是与传统的儒学教育有别的。

解玺璋在导论里对比鲁迅与梁启超的家教，认为前者乌托邦的地方殊多，后者是切实可行的。今天的家长，倘舍梁氏而趋鲁迅，大概将得到失败的结局。其实我自己看来，鲁迅讲以幼年为本位，也未尝不对，梁氏不恰是如此么？鲁迅讲“我们现在怎样做父亲”，针对的不是梁启超这样的人，而是还处在蒙昧中的人群。鲁迅和梁启超教育方法优劣，非一两句话可以说清。窃以为在教育上没有一个通用的模式，通往成才的路，总是无数的。

汪曾祺有一篇文章叫“多年的父子成兄弟”，既无鲁迅殉道般的悲壮，也不作梁启超式循循善诱之状，讲的是“散淡”的父子关系。精神的生长靠生活方式的传递，人性健康的因素和智性的因素在温情的氛围里是可以传染的。家教之道，真的不一。鲁迅的“肩住了黑暗的闸门，放他们到宽阔光明的地方去”，一境界也；梁启超的“淬厉其所本有而新之”，以古涵今，二境界也；至于汪曾祺那种“无疾言厉色”“没大没小”的方式，可算是第三种境界吧。上述三人，都是古今皆通，又深味中外的作家。第一种境界逆环境而求生存，非常人可到，后两者则在适应环境中寻求自我的生长，也是逆俗的选择。梁启超的家教经验，看似古老的东西多，实则已经过现代“新民”思想的沐浴。因为知道域外文化的优劣，故能明国故的短长；也因为知道国故的短长，所以放孩子到更宽阔的舞台去，得到了东西方文明中最美的遗存。毕竟我们的教育回到儒教的老秩序中去，其实已不太可能了。

尺牍之音

尺牍引起人们的兴趣，在晚清便有了。好的文章，多在私人空间里。即便研究文化史，只看报刊文章，总还不行，如果读读同代人的尺牍与日记，就会见到另一种景象。所以，民国初期人们对野史与民间文献的注意，都不是没有道理的。

民国离我们不远，可要理清一些思想的细节也并不容易。如果不是李叔同的信件公开，我们真的无从知道其出家后内心的复杂。马一浮文集中大量尺牍的披露，才使他的思想能够被完整认识。前几年看到散落在台湾的陈独秀致台静农的书信，晚年陈独秀的心态与生存状态，才在我脑海中一点点清晰了。明清以来的一些文人，作文不免伪饰，而尺牍里却有真的性情。据说许多地方有了家书的陈列馆，那对人的吸引力，一定是强的。

历来的尺牍，保存下来的不多。人们喜欢收藏它，还与审美需求有关。黄裳、张中行都藏有大量文人信件，以为其有把玩的价值，那些文字不仅思想上好，审美的一面，也是超俗的。好的尺牍集，是一种美术品，鲁迅、胡适的通信集都有此类特点。近日见《周作人俞平伯往来通信集》，印得古朴、典雅，很是有趣。读到他们谈天说地的文字，仿佛见到诗意卷着思想之光暗中闪耀，京派文人的音容笑貌都有了。通信时间跨度很大，文体的美也历历在目。现代文学史著作，多不关心这些片断，想来是可惜的。

俞平伯是周作人的学生。他们二人的文化血统里有晚清学术史的多条线索在。加之周作人的老师章太炎，曾随俞平伯曾祖父读书，他们之间的关系就是多重的了。五四后，俞氏在北大读书，被周氏兄弟吸引，欣赏鲁迅，亦与周作人过从甚密。《周作人俞平伯往来通信集》记录着他们交往的脉络，他们的对话中，历史、民俗、审美、时事、天气均有涉猎。文字呢，文白相间，大有晚明之风。在政局多变、世风浮躁的年月，他们却静心无为，品玩古董，笔带闲情，书斋里的迂腐和聪慧都有，在轻松的对谈间，生命最本然的东西毕现。

本书诱人的地方很多，我最感兴趣的是其勾勒出的人文地图。五四运动落潮后，文人的路变得多样而崎岖。俞、周二人选择的是书斋的路，与革命距离甚远，隔膜的地方显而易见。往来的人不多，不过北大的小圈子：钱玄同、刘半农、废名、江绍源、沈启无、徐耀辰、张凤举等。这些人聚于苦雨斋，学识较深，兴趣也有交叉的地方。他们懂一点西学，而审美则还有些旧文人的遗绪，不免有些沾沾自喜的样子。比如谈明末文人的惬意之影，言及《红楼梦》时的士大夫语境，商讨新文学课程设计的严谨之风，无意间也把那代人的知识结构袒露出来。从信件中能够感受到他们的闲情，许多思想与学术话题，是在这样的放松的闲情里被引出的，也就没有功利色彩。学问是一种认知的积累，也是审美的升华。京派文人之间的这些互动，在今天的学界已成难见之景了。

苦雨斋派的文人耽于学问，鲜有革命意味，一直被左翼文人所诟病。他们只在思想上革命，而反对现实的激进运动。一面沉浸在历史与文学的文本之间，一面抵制社会的革命潮流。他们存在于静的世界里。喜静读、静思，进行文化的静观。比如讨论文学的特点，他们说文学不是"为人生的"，而是"是人生的"。一字之差，精神则相隔万里。比如谈及托尔斯泰的时候，略有微词，以为其作品流入"劝善书"之流。他们交流的时候，都以新文学的理性精神思考问题，对俄国文学的基本判断还是来自自己的经验。厌恶"劝善"，则以平淡之心看万事万物，内心的冲动就被遏制了。还是士大夫的不逾矩之心起了作用，所以也就可以理解，他们何以远离激进的运动，自己在书斋里面壁沉思，或译介希腊的作品，或唱昆曲，这些都是静穆中的选择。他们的文体也是学者腔的一种，但都自如轻快，任意而谈，涉笔成趣。这类文人，在激进之声笼罩天下的时候，不易被人理解。而今天的学者中，有此雅兴者也真的不多。

周作人沉沦之后，俞平伯隐在旧都，彼此的关系也没有中断。那个时候的信件，披露的信息很多，从中可以看出日据时期的文人形迹。他们不谈政治，只有日常的问候，荒凉中的尴尬、无奈都有。他们的交往，以谈古为乐，以古论今，趣味似乎不合时宜。龙榆生一九四三年八月到北平，曾住在周作人家中，与俞平伯亦见面谈天。他们的交往内容看起来有点老气，都是填词作赋之事，加上一些对古书的研究，我们由此也就能够了解《书房一角》《药堂语录》何以那么古雅，当时的人文环境越发单调，而周作人的心绪则有点迟暮的苍凉了。

俄国革命到来的时候，出现过“路标”派文人群体，反对暴力革命，主张回到静的精神里去，遂遭到革命者的抨击。中国的京派文人与他们在这一点上有一点相似，乃大转变时代的多余人。但我们看他们当年的通信，只觉其内心有一种孤苦的味道，学识背后的忧思未尝没有。那些古朴漂亮的词语，都未遭血污的熏染，可知其内心纯然的东西依在。这是一个悖论，走上十字街头的实践者，多伤痕累累，内心温润的存在日稀；

而那些沉浸在审美静观里的人却有了深厚的生命之力，至今仍可滋润人心。文化的演进与政治的演进，是不可以同样的逻辑视之的。俞平伯那代人提供的资源，今人可深思者，非一两句话可以说清。

读前人的尺牍，才知道今日的文人与他们的差异，他们的趣味、性情都非今人可以理解，简单地扫描他们，可能不得要领。我们曾拥有过不同的文人传统，新文人里的士大夫，或士大夫中的新文人，在文坛向来属于少数，在社会呈现单一化色调的时候，有几个冷冷的旁观者在，氛围就异样了。过去我们视而不见，如今则见而惊愕：我们曾经不了解他们，而他们未必不知晓我们吧。

走向大众的知识人

多年前整理鲁迅的藏品，曾经见到邹韬奋所编译的一本俄国作家的书。联想起鲁迅与他的关系，颇多感慨。那书的多幅插图，都是鲁迅提供的。而晚年鲁迅对俄国的判断，有一些受到了邹韬奋这类青年的影响。他自己的俄国文学观，是参照了许多年轻人的译文的。这在现代史上，都是值得细细分析的趣事。

五四之后，新的文化人分成几类：一是胡适那种与当局若即若离，而亦有学者底线的人；一是鲁迅那类在社会边缘为底层呐喊的人；还有知堂那种躲在书斋里冷眼观世的人。邹韬奋和他们都不太一样，虽然亲近鲁迅，但不像胡风、柔石、萧红那样以创作呼应鲁迅的思想，而走了另一条路，即以实业救国的方式，搭建新的民间平台。在艰难的环境下，探索出知识分子的另一条道路。

毕业于圣约翰大学的邹韬奋，最初热衷于翻译，译笔很好，文字朴实无华。他早期的写作，关注于人生修养的一些静态的存在，所译介的文章范围较宽。但他不久意识到书斋里的革命有一定的局限，以实业改变世界，未尝不是一种选择。他一方面钟情于现代新思想研究，另一方面关注“草根”，而连接二者的，是新闻媒体。在一个广大的平台上与社会交流，给了他许多快慰。

一九二六年，邹韬奋接编《生活》周刊。此后《生活日报》《大众生活》《生活星期刊》等刊物及生活书店在他那里有了可圈可点的业绩。这些平台把严肃的思想、社会责任感和批判精神结合于大众的日常生活，那作用，是比学院派的独语和文人沙龙里的趣味大的。他的编辑意图里，有一般报人所没有的情思。正因此，他总能捕捉到最为鲜活的话题。那些与百姓息息相关，与国运密不可分的人与事，都在栏目中有所体现。这是一般书斋中人没有的现实目光，但又闪着思想的光芒。百姓爱之，读书人也很喜欢。一些学者在这些平台上发表的文章，促进了民众的觉醒，大众自己的表达空间也渐渐形成在他的努力中。

邹韬奋对于国际上的新思想、新学说颇为敏感，他翻译的著作对于那时候的社会产生的作用被很多人所提及。抗战期间，《大众生活》轰动一时，成为知识分子与大众的良知的舞台。刊物与那些民主人士的关系也很特别，彼此的互动早已成为佳话。我们现在回忆他那时候的言行，会发现与二战前后的西方左翼知识分子颇为一致。他出版的作品的现实性与思想性，都有一个时代的标志意义。细细分析可以发现，邹韬奋与海派的文人不同的地方是，除了尊重高雅的文化外，对于“草根”的同情很深，知道中国的希望可能就在那些在底层挣扎、反抗的青年中。三十年代，李何林的《近二十年中国文艺思潮论》编成，苦于无处出版，邹韬奋从重庆偷偷运到上海刊行了。臧克家的诗集《罪恶的黑手》《自己的写照》，端木蕻良《大地的海》也是在生活书店出版的。他的作者群中，有许多无名的青年，后来成了重要的思想者或者作家。如今看戈宝权、千家驹、子冈的回忆文章，可见当年的邹韬奋所具有的磁石般的吸引力。

当时的出版业有两种倾向，一是以教材为核心，出一些软性读物，不关政治。一是倾向于出思想读物、现实性强的作品。邹韬奋认为，后者更是一种急需的存在，出版物应当是动态的，它具有思想性、进步性和大众性。在丰富的思想基础上，以学识、趣味和改良人生的态度，促进社会的文明进步。他与象牙塔里的文人保持着良好的关系，但也把一些人动员到与现实对话的途中。在他看来，读书人在国难当头之际，把目光投向现实，是不能逃避的选择。

这种选择，与鲁迅的思想精神有许多交叉的地方。邹韬奋承认生活书店是无党派但有倾向性的民间组织，在国民党“党天下”的时代，它以抗争性显示了平等、自由的文化本意，这恰是民间的诉求之一。邹韬奋意识到，关注大众，有时候不仅是顺应大众的审美惯性，还要输入灵动的思想。生活书店发行的《文学》《译文》《太白》《世界知识》品位很高，鲁迅在上面就发了许多文章。这些作品都有针对性，是新文学里的珍珠。《太白》刊发的关于大众语问题的争论，其实是知识阶级试图影响汉语发展走向的一次尝试。唐弢说生活书店的一些刊物和文章有时候故意与林语堂《人间世》《论语》立论相对，证明了这个园地在那时候所具有的民间意味。吟风弄月容易，直面现实却难。中国历史上，隐逸的诗人、自恋的作家多多，而与民同哭同乐者，总还是少的。

新的大众文化的形态应该如何，那时候可作参照的不多。一九三三年，邹韬奋编译了关于苏联作家的书籍，引起读者的兴趣。次年去莫斯科，他用英文给高尔基去信，希望见到这位文豪。因为不懂俄文，他对高尔基的理解，显然简单化了，对其文学创作的复杂背景并不知道。但这个苏联作家的“草根”性中的神圣的存在，给了他拓展新民间文化的参照。邹韬奋与俄国新文学的关系，折射着一代人的文化之梦，至少那些“为人生”的作品，是民族觉醒的灯火。他在那时候能够团结众多底层的作家、学者，与这一情怀大有关系。

现代知识人走上十字街头的时候，都面对着一个难题，是“大众化”呢，还是“化大众”？智性如何在民间延伸且又保留其民间性，人们没有找到好的道路。鲁迅曾惊讶于高尔基的贫苦身份后的高远的哲学气象，一方面是底层的泥土气的蔓延，一方面是思想者的阔大的境界。大众的文化是简单的、粗糙的，知识人的介入，可能会改变其生态结构。但知识人又不能以一己所好强加于民众，如何在互动中形成新的文化，其实也是大难之事。

显然，那时候的中国，还没有高尔基式的人物。倒是革命的“同路人”居多。邹韬奋与民主人士的交往，能得到一种天然的快慰。他在那些知识人身上感受到了彼此相似的东西。无论在香港、上海，还是重庆，他周围的作家、学人带来的故事，想起来都饶有趣味。他的温和、包容和进取之心，感染了许多爱国人士。

我读邹韬奋的史料，感觉他的精力惊人，因为他能一面写作，一面编辑报刊，一面从事社会活动。他周围的民主人士，都颇富传奇色彩，许多人和他有着相同的梦想。他在狱中写的《二十年来的经历》，记者的敏感、散文家的典雅、思想者的沉着都有。而他性情的宽厚，和对不同风格的人所持的欣赏态度，非有大慈悲者很难做到。他的笔力传神，“七君子”入狱的生活，经由他的描述，成了一道特别的风景。沈钧儒的至诚、李公朴的勇敢、沙千里的执着、章乃器的炽热、王造时的善辩、史良的洒脱，都形象可感，电影镜头般地闪在我们面前。邹先生看人看事，机敏里带有分寸，没有流行的“左派幼稚病”。他对章士钊的看法，有一是一，有二是二，一些思想印证了鲁迅的当年判断的合理性。记得有一篇文章描述鲁迅参加民权保障同盟会时抽烟的神态，颇为逼真，寥寥数笔，人物便活了起来。他对鲁迅的爱，是一看即知的。

邹韬奋短短的一生，一直克服文人腔和学者腔。最早的时候，他翻译杜威的作品，完全按照英文的特点直译，后来发现，与大众的口味相左，没有考虑读者的接受。于是译风发生变化。后来编辑报刊、书籍，一直注意雅俗的协调、高低的互动、深浅的贯通。在一个动荡的年代，摆脱读书人的积习，拒绝被资本污染，不被书生气淹没，将思想的脉息伸展到芸芸众生那里，实在也有殉道的意味吧。他的特别在于，对于学界、政界、民间都颇为了解。但自己的立场，一直在大众那里。那么多的造谣中伤，那么多次的流亡以至被捕，都不改其志，这是新文化的特别传统。在坚持思想性、学术性、大众性中，文化是可以生出别样的景观的。

现代以来，中国读书人的队伍中，一向缺少懂实业、通晓学问，又有社会活动能力的人才。邹韬奋用自己的笔和自己的行动，创造了一个奇迹。端木蕻良说他是鲁迅形容的脊梁式的人物，不是夸大之词。众人喜爱邹氏，不独因其文章，而念其行迹，实有感焉。在他那里，儒生的迟暮之气消失，代之而来的是新知、新智、新声。因了这个新气象的形成，现代中国的文化地图，不再那么单调了。

林徽因点滴

多年以前读过林徽因的诗，印象很深。后来在一本什么书上看到她的照片，觉得高雅俊秀，与其文字一样透着美感。再后来就是一些故事、佚闻的流传，这位美丽的女性被道道光环罩住了。林氏的话题，常常是在文人的沙龙里产生的，那些有贵族气的人似乎格外喜欢她。原因呢，自然是其留学的经历、从事的学问及家庭背景。我偶读她的书，觉得她比别人过得要苦，精神深处有难言的悲凉，美而且苦，就让人怜惜，文人墨客每每在其面前驻足，不是没有道理的。

我对林氏的感受，大多因了其学术文章。她关于中国建筑与文物的论文，写得精妙深切，无论在学理上还是文学修养上，都堪称是上乘的。那一代人言谈之中，有许多心性与趣味在，论文也像美文，读来很有意思，在举重若轻之中，把一些沉重的内容表达出来了。林徽因与梁思成曾奔走于山西、河北的乡间野地做考古与调研，那其间留下的文字真真是好，科学家的嗅觉、文人的良知、善美的心灵，都可看出些来。她的文章中有许多因素杂糅，不像一些文人那么单一，将文章分为考据学的、美学的、历史分析的、文学的，等等。所以看她的书，学人与作家，普通的读者，都会有些收益。现在的著作，涉及面越来越窄，只为专业人士而著。林氏那一代人，有时把学术当成创作，在严明的理性之余，还有丰沛的情感在，后代的学人差不多没有这一特点了。

林徽因的气质里有东方的典丽。她通晓英文，对汉语亦别有心解，古文修养让人刮目。比如那篇写于一九三二年的《论中国建筑之几个特征》，见解不俗，所涉的知识很多。因为有欧美建筑史的参照，她在对东方建筑的研究中就多有奇特的发现，把一些司空见惯的问题学理化了。了解古建筑，需有文学、史学的功底，杂家的气质多少要有些。她谈及美与建筑的关系时说：

已往建筑因人类生活状态时刻推移，致实用方面发生问题以后，仍然保留着它的纯粹美术的价值，是个不可否认的事实。和埃及的金字塔，希腊的巴瑟农庙（Parthenon）一样，北京的坛、庙、宫、殿，是会永远继续着享受荣誉的，虽然它们本来实际的功用已经完全失掉。纯粹美术价值，虽然可以脱离实用方面而存在，它却绝对不能脱离坚稳合理的结构原则而独立的。因为美的权衡比例，美观上的多少特征，全是人的理智技巧，在物理的限制之下，合理的解决了结构上所发生的种种问题的自然结果。人工创造和天然趋势调和至某程度，便是美术的基本，设施雕饰于必需的结构部分，是锦上添花；勉强结构为装饰部分，是画蛇添足，足为美术之玷。

文中谈了美的原理，虽是对古建筑而言，其实亦闪着作者思想的亮光。林氏一生都反对矫情，主张自然、朴素。内心的追求与外在的态度，是有着有机关联的。我猜想她的文与人都有一种精致，就像她所钟爱的古典艺术，有气韵贯注始终，但又平常自然，没有伪态。她写下的文字，都有这一特点，美隐含于日常之中，那是不错的。

算起来，林徽因只活了五十一岁。她一生中的大部分时间是在病中度过的。读她的诗文，联想到她照片中憔悴的样子，就知道她活得很清苦。几十年间，她所写的作品不多，仅那么一点点，但风格与内韵都挺别致，是清秀、抑郁的。她的诗很个性化，情感细腻，意象迭出。似乎不满意于什么，又景仰着什么。那到底是怎样的心境呢？我也说不清楚。总之，她像高处的雪莲，在寒冷中显出诱人的气象。不知怎么，她呈现给我的，好像永远是这样的镜头。

艺术、学问、美貌、善德，是人间难得的存在，这些在林徽因身上都有一些，且结合得那么完美。看她写下的文物鉴赏文章和随笔，就能感受到与别人不一样的典雅。作者看人看事，并不苛刻，带着暖意的地方很多。她的《悼志摩》《纪念志摩去世四周年》都是真诚之作。要了解她的心，是不得不看这些文章的。徐志摩在历史上是个有争议的人物，鲁迅就不喜欢他，林徽因却从人性的角度肯定了这位诗哲。徐诗人率性之举，优柔、温和、愚诚的性格，在一般人眼里有点可笑，其文字甚或趋于肉麻，而林徽因却从他身上，看到了人间的大爱。她周围的人，西学根柢较深者很多，精神与时代都有点格格不入。林氏却用心去感受他们，知道逆俗的与卓越的精神当小心培育。这一点证明了她的“贵族”眼光，未必能被世人理解，但我想，她是多少了解一点世态的。后来很少写文章，寂寞地生活着，大概是觉得无言胜于有言吧？一生的文字不多，留下的故事却永被传诵，那是不是可以说她写了一部无字的大书？

今年是林徽因百年之祭，她的诗与文，想必会被许多人提及，说不定还会引出热闹的话题。我以为对前人最好的纪念方式，是读其留下的文本和史料。像拙文这样的感叹，似乎有些多余。后人说些什么，有时于前人是没有关系的。

报人张恨水

民国的报人是有趣的群体。那些形形色色的新闻人，今人未必能理解其真实生存状态。然我们要真正了解民国史，是不能不关注他们的。我的老友解玺璋留意报人历史久矣，于此有着我们同代人没有的体会。《张恨水传》凝聚了他很多的心血，在我看来是打开了一扇进入历史的大门，展现出教科书中所没有的风景。叙述报人的生平，牵连着旧时光里的诸多神经，经由个体的丰富存在，可以看出被遮蔽的历史的另外一隅。阅读此书，我的一些认知视角因之而发生变化，这是仅仅以文学史或新闻史的角度治学的人所没有的另类书写。

与一般记者出身的人不同，解玺璋总能给读者带来一些出其不意的文字。他有着来自实践的经验，那些感受撕碎了既成的概念，自然和学院派不在一个逻辑的套路里。过去我们讨论现代知识人的生活，往往只留意象牙塔里的文人，那些介于知识精英与大众间的报人、出版家的言与行，被忽视的时候居多。这些人在文化史里承担着特殊的使命，提供的话题有书斋里没有的复杂性。以象牙塔的方式想象历史，总会遗漏一些存在，解玺璋的劳作，其实是想颠覆一般文学史家和新闻史家的单一思维的。

面对张恨水这样的历史人物，解玺璋要做的不仅是还原其生存场域，还有对于远去的时代的注解。这就有了多维的空间，书中流溢出不同的声色，可以让人驻足深思的地方甚多。世人对张恨水的印象是个多产的小说家，其作品至今让人津津乐道。解玺璋不仅还原了小说家的风采，有趣的是，更关注他作为报人的人生。从新闻工作者的沧桑里看一个时代的变迁，所看到的不仅是民国文化的蛛丝马迹，还可以看出政治之影何以在一个时代里搅动了读者的心绪。我们后来文化转变的内因外果，在本书中都做了有趣的说明。

张恨水是个可以被不断叙述的多色调的报人。他的作品在民间的反应之强，能够从彼时的读者群之众看出一二，报业的空间拓展也留下了令人思考的话题。五四以后，对于急速推进的历史进程，亲历者事后的叙述往往以选择性遗漏的方式凸显自己强调的某一方面价值的重要，许多不关涉派系价值的群体渐渐成为被忽略的存在。新文学史的作者对于旧派小说家的漠视，多少说明了这一点。按照陈思和先生的观点，五四新文学是具有先锋意味的存在，具有强烈的排他性。我们看最初的新文学史，是不太描述五四新文化参与者之外的作家群体的。张恨水这类作家曾被划入落伍的行列，原因是其与“鸳鸯蝴蝶派”渊源甚深。其实通俗小说家有许多学问很好，包天笑、周瘦鹃都是不错的翻译家，张爱玲小说底色也是属于那个群落的，市井中的万种风情，摇曳着人性的气息，反射着世间的明暗。贴着市井写作，好处是身临其境，有反观自身的镜像意味，读者觉得与自己不隔；弊处是不能有佛眼一般的穿透力，目光停留在风景内部，呈现的图像扁平，这是周作人、茅盾那些新文学家不满意的地方。但我们细看张恨水的书，情况也非新文学倡导者描述的那么简单，他的讽刺风格、所描绘出的都市与乡村景致，自有别人没有的妙处，有的甚至有与左翼作家相近的效应。那些非意识形态的语言背后的民间规则和情绪，更带有本真意味，能为一般大众所欣然接受。这是精英文人办不到的事情，更让人有一种亲近之感。早期新文学没有很好整合这种经验，后来出现的赵树理、孙犁这些作家才渐渐意识到此点，但因为左翼话语的巨大的覆盖性，人们反而不太聚焦类似的存在了。

我看这一本书，喜欢作者史家笔法后的济世情怀，文人趣味是被节制的，作者的理性深藏其间，不是为了写传记而写传记，文字背后的存在大于人物本身，甚至是一种跨时代的思考与追问。文化是一种复杂的存在，应有自己生长的空间。作者努力克服自己的知识局限与趣味局限，对于不同类型的人与事，给予很大的同情和宽容，而对窄化思想空间的民国政治生态的描述，带有富于学术意味的沉思。众多感性的画面、无数琐碎的生活片段，都无法遮拦作者穿越时代的思考。这追思之迹编织出历史的魔幻图景，流出我们未曾见到的精神河流，它冲刷着我们的灵魂，让我们感到一个消失的存在留下的余温。

因了自己也是记者出身，作者对民国报人的日常生活、工作环境、文章之道有别人少有的敏感，新闻生产中复杂程序牵涉的时代花絮也联翩而至。故事性、思想性和深藏的诗性，引读者行走在颠簸的旧路，回看逝去岁月中的云起云落。其间不乏会心之语，从浩瀚资料里提炼出的细节，令人过目不忘者殊多。笔触停止的地方，回响着意犹未尽之余音，拽我们到历史的深处考问那些隐秘的存在。传记作品做到了此点，自然有别人所没有的分量。我们的作者隐藏在文本背后的用意，细细品尝还是可以体察到的。

新文化运动以前，文坛是通俗作家的天下，百姓对于章回小说、都市言情作品颇为欢迎。新文化运动的先驱，不满意于大众的俗气，要在文本里植进自己的意识形态，个人主义、无政府主义等都借诗文而来，遂有了不凡气象。但大众喜欢的通俗文学不是这样，超越于意识形态的社会风景里的恩怨情仇，才体现人间的本色。所以，尽管新文学轰轰烈烈，大众化的通俗文学依然颇有市场，那些市井里的风声雨声，所传递出的，在消遣之味外，亦有凡俗间悟道者的性灵。百姓于此所获，当比得之于先锋文人诗文者不差。

以张恨水为例，可以体察报人的许多甘苦。为大众写作的人并非没有自己的政治态度，那些文本背后的忧世之思，其实有着传统文人的情怀。解玺璋强调张恨水的报人价值，也就将其精神品位放置于知识人批判性的层面，说是为其翻案也并非不对。报人与知识分子究竟是什么关系，他们的社会属性何在，书中都有所交代。而只有理解了作为报人的张恨水，才能知晓作为通俗小说家的张恨水的意义，这是解玺璋给我们的一个惊奇。而他在书中隐含的情感，因了自己的叙述的对象的特殊性，而有了特别的意味。

报人的民间性与通俗小说的世俗性，保存了与底层人对话的广阔空间。其思想的飘忽也非浅薄，而通俗的审美亦有奇处。作者发现民国报人偏于左倾的居多，那些报人笔下的作品自然也多了批判的意义。精英文人的价值是思想的越界性，但过度的排他意识也可能导致他们精神的狭窄化。无党派报人和通俗文学有时流于浅薄，但其包容性和世俗性避免了思维的极端走向。可惜我们过去很少这样思考问题。解玺璋注意到报人文本的价值，看到了张恨水写作的特殊意义，对民间知识群落有中肯的评价。他解析文本，看重的是其内蕴的丰富与否，这些在先锋文人看来陈旧的存在，在其眼中却带着人性常恒的闪光。它消解了某些功利之用，衣食住行中，百姓之道存焉。只有了解大众文化史的人，方能深悟此道。

二十多年前，我与解玺璋在同一个报社工作，我们的单位的前身恰是张恨水工作过的新民报社。报社的资料库有许多民国报刊的资料，张恨水的旧书亦有多种。那时候常翻这些资料的只有李辉、解玺璋等少数人，他们留意历史的枝枝叶叶，遂有了不少的收获。解玺璋早年喜欢梁启超，后来关注张恨水，这里未尝没有其内在的思想逻辑。即借助历史里被湮灭的存在，寻找知识阶层曾有的亮度。这些遗存不仅在一般的左翼文人那里被遗忘，连五四后的一般自由主义文人也渐渐远离他们。但在解玺璋看来，这些被精英文人漠视的报人、作家，并非没有温度和智性的旧式才子，而是中国文化里不可或缺的存在。他们在单一文化逻辑的背后拥有着生命的厚度和精神的宽度，而社会生态离开这样的存在会出现精神的偏执。恰是这样的人与文，填补了世俗社会精神空白。那个广阔的存在具有精神的各种可能，这个空间的渐渐消失，带来的问题显然不可忽视。

我印象中解玺璋是一个峻急、果敢的社会批评家和文艺批评家，他有许多风暴般的走笔，精神在紧张里流溢着奇妙的光泽。但他自己研究的对象，却是另一种非激进的人物和历史，这使他的写作具有了一种弹性。他没有被淹没在自造的精神之影里，其思想在不同于己身的时空里，得以不断生长，而写作的意义，也随之凸显出来。

读了《张恨水传》，不仅发现了传主曲折的人生轨迹，对我而言，更重要的是窥见了解玺璋内心隐藏最深的部分，那是他对于自己旧梦的一种代偿。就自己的阅读经验而言，我觉得会有许多人喜爱这本书，它的价值，将在今后日趋明晰地显现出来。今天的书籍没有灵魂者多多，独创性的书写便显得难能可贵。作为作者的老友，能为本书写点什么，真的与有荣焉。

凡人的交往

说来惭愧，阅读鲁迅著作多年，却一直未细细关注他和日本人的深切交往，对许多掌故，还留在浅层的了解上。日前忽得余暇，躺在床上，认真翻看鲁迅致日本友人的信，发现很有意思。据说中日学者，有多位已注意了这个话题。我知道的，就有《鲁迅与日本人》《鲁迅：在中日文化交流的坐标上》多部著作是关于此的。学者们之所以破译这些，感兴趣的大多是其中的学理，那意义之大，自不待言。但我读先生与日本友人的信，以及他翻译的东瀛作家的作品，感受最深的是其情感的一面，觉得先生对日本，有一种特别的情感。他的文章，从未有过“日本研究”之类的篇什，兴趣似乎不在学理之中；但情感却埋在心里，对岛国有着丝丝眷恋。看他的信，细心的读者是会发现这些的。

留学日本的时候，鲁迅和哪些日本人有过深深的交往，我们已不太知道了。他晚年在上海时，身边较亲的，就有多位东瀛客人，像增田涉、山本初枝、内山完造，都和其有较深的往来。我读鲁迅致他们的信，一是有感于其坦率，没有一点名人的架子；二呢，是觉得他深味日本的国情，对友人多持理解的态度。鲁迅晚年的古诗，有许多是为日本友人而作，精彩的句子，在中日间广泛流传着。为理解鲁迅的世界意义，我们自然要了解日本，以及日本在先生心目中的位置，这一点，是我很感兴趣的。

在目前看到的资料里，鲁迅最早与日本人通信，是在一九二〇年。那一年，他在胡适处，看到日本的杂志《中国学》，内有青木正儿的《胡适为中心掀起文学革命》，提到了鲁迅的创作。鲁迅颇有些感慨，遂致信云：

> 我写的小说极为幼稚，只因哀本国如同隆冬，没有歌唱，也没有花朵，为冲破这寂寞才写的，对于日本读书界，恐无一读的生命与价值。今后写还是要写的，但前途暗淡，此处境遇，也许会更陷入讽刺和诅咒罢。

这样的文字，很像写给老友的，有倾诉的欲望。青木正儿引起鲁迅的兴趣，在于他了解鲁迅的某些精神。而那时处于初创期白话文，我们中国学界，对此还较为冷漠。与海外的学人谈谈心境，是别有滋味的罢。

我一直觉得，他对日本文化人的态度，和对中国的不同。他对中国的同行，多带警觉，而和来访的东瀛客人，则可促膝而谈。晚年的鲁迅，除了和自己的弟子萧红、萧军、胡风等坦率相谈外，直诉衷肠最多心的，大概是在致日本人的信中。比如他和增田涉谈自己的苦境，与内山完造讲身体的状况，读了让人感觉到一股股暖意。一九三四年七月三十日，他在致山本初枝的信中说：

> 凉快了两三天，近又转热。也只有再生一次痱子。杨梅已经完了。我很佩服增田一世的悠闲。恐怕你也不知道他下次什么时候再来东京罢。乡间清静，也许舒服一些；但刺激少，也就做不出什么事来。不过这位先生是“哥儿”出身，没有办法的。周作人是位颇有福相的教授先生，乃周建人之兄，并非一人。我赠给增田一世的照片，照的时候也许有些疲乏，并不是由于经济，而是其他环境关系。我有生以来，从未见过近来这样的黑暗，网密尤多，奖励人们去当恶人，真是无法忍受。非反抗不可。

鲁迅在杂文中，是没有这样的笔法的，只有和亲朋在一起的时候，才发出类似的感叹。日本人在中国民众眼里，神道的东西过多，殊难理解，鲁迅却能从中看到另外一面：温和、认真、朴素等等。比如内山完造的性格，鲁迅就喜欢，和他的交谈，十分亲切。他死前最后的文字，就是写给他的。我记得鲁迅在《且介亭杂文二集》中，有一篇《镰田诚一墓记》，很有感情，文采亦佳。镰田诚一是内山书店的店员，鲁迅举办的几次德国、俄国木刻展，均由其布置，他还照顾过鲁迅的家人。先生称其“笃行靡改，扶危济急”，评价不低。在镰田诚一身上，能见到日本普通民众可爱的一面，理解了鲁迅的这种态度，我以为也就理解了他的某些日本观。

我在先生的文字里，偶也看到过对日本有微辞的地方。那是其对日本知识界的怪习惯和军国主义的不满。日本的等级制、主奴关系，他就疏远。可日本民间的普通劳动者，就没有这些，他好像与其有许多的沟通。一九三四年，他在《从孩子的照相说起》中说：

> 我在这里要提出现在大家所不高兴说的日本来，他的会摹仿，少创造，是为中国的许多论者所鄙薄的，但是，只要看看他们的出版物和工业品，早非中国所及，就知道“会摹仿”绝不是劣点，我们正应该学习这“会摹仿”的。“会摹仿”又加以有创造，不是更好么？

在中日关系最困难的时候，他还这样坦言以告，正是言行一致的体现。我觉得他的心里，有和日本相通的地方，比如坚韧，比如自信，比如真诚。他很喜欢日本的民间艺术，那也与他自己的追求有关吧？一九三四年十月二十七日，他写给山本初枝的信，提及了浮世绘：

> 关于日本的浮世绘师，我年轻时喜欢北斋，现在则是广重，其次是歌麿的人物。写乐曾备受德国人的赞赏，我读了二三本书，想了解他，但始终莫名其妙。然而依我看，恐怕还是北斋适合中国一般人眼光。我早想多加些插图予以介绍，但首先按读书界目前的状况，就办不到。

浮世绘是日本的古典艺术一种，有一种特别的味道，和中国画似乎接近，而神韵不同。我猜想先生一定是看中其中颇有性灵的东西，其间不和谐的美，就很有崇高感，令人喜欢。但鲁迅理解中的，可能还有别的什么，可惜他没有多说。

三十年代，有一种骂鲁迅的声音，说他与日本关系较密，有汉奸之嫌。先生对此，一笑置之，并不回击。国与国的交往，倘在官僚层面，不过是形式主义或逢场作戏，而民间往来，则是另一个问题。鲁迅之于日本，属于后者，他对日本民间的力量，颇为看重。晚年的他，几被人劝说重返日本养病，那里的景色、气候和百姓都有特别的一面，他怀念东京的生活。但另一方面，他又说，一旦登上岛国，恐被特务盯梢，殊为不便。在那时的日本，左翼文人是受排击的，小林多喜二的死，就引起过世人悲愤，鲁迅还为此写过文章。百姓与百姓之间，没有区别。在那个年代的东亚，底层的民众，是有着同样的命运的。

鲁迅与日本人的交往，让人觉得有一种世间难得的情感。在中日交恶的时候，他对是非的判断，依然清醒，没有小家之气。在大处上说，他不是一个国家主义者；在小处看呢，还是以民为本。他眼里的各国百姓，是有相近的东西的。这东西，正是彼此相知的基础。我几次踏上日本的土地，不知怎么，常常想起鲁迅的话，觉得应和那里的人们，促膝谈谈，以知道我们的同类，如何生活。虽然只是匆匆一瞥，所谈无非文学艺术、文物古董之类，也会受益匪浅，这样的交流，在中日民间，还是太少。现在想来，是因为彼此的隔膜过深，不知道这样的隔膜，还会持续多久。

据说中日间的交往，比过去频繁多了。但我看到的，更多的是商业往来和政事互问，而文化的深交，却显得有限。现在的中国人，知道几部日本的当代小说呢？而日本民众，对当下的中国艺术，也知之甚少吧？由此看来，和鲁迅那代人比，在某些方面，我们是退化了。

超人与禅

超人与禅有点风马牛不相及。

因为在梳理鲁迅的藏书目录时，涉猎到尼采和八大山人，于是想起超人与禅的话题。记得曾和友人讨论过鲁迅与尼采的关系，后来竟扯到了绘画与诗的问题，自然也牵涉到了八大山人。鲁迅喜欢尼采，也欣赏八大山人。这两者看似没有联系，可是内里是有逻辑的关联的。我曾与友人在江西看到八大的几件珍品，被其灵秀大气的笔触所动，那种感觉好像是禅又不是禅，异样的气息是浓厚的。那作品宁静又飞动，禅风暗袭，唯有超人才能有此气象。那里产生的快感，虽与尼采的血色大异其趣，但在性灵飞扬的层面上，给人的都是一种惊异。

在我看来，禅的意象和超人的意象，改写了我们的艺术史。民国以降，读书人渐渐意识到了这些，摄取外来的理论都是很自觉的，对尼采学说的接受和对禅的研究都有了很大的发展。之所以如此，是思想界的革新意识使然。鲁迅很早就意识到尼采学说的价值，一九〇七年写下的《文化偏至论》就大量引用尼采的思想。他后来翻译的《察拉图斯忒拉的序言》，对尼采思想的要义领会得很是深切。尼采在中国知识界引起革命，和禅宗当年带来的意识变迁是类似的，因为两者都扩大了精神的空间，意识被否定的理念所昭示，有了逻辑上的飞跃，或是精神的逆转。禅的出现，促使文化史有了新的色泽，艺术里空灵清寂的东西诞生了，我们在王维、白居易的文本里都能感受一些；尼采的引进中土，直接催生了鲁迅那样的人物，郭沫若、高长虹等人在年轻时期也都有一些类似的狂飙气。

胡适也注意到历史里的激进主义和否定意识的价值，他自己就赞美过尼采的思想，不过他对禅的认识比对尼采学说的理解要深。有学者说，胡适根本就不懂禅，可其写下的《禅宗是什么》《禅宗史草稿》《禅宗的印度二十八祖考》《中国禅学的起来》《中国禅宗的来历》等，对佛学的看法也非都很外行。禅的深切，乃是因为有否定思维，精神是腾跃的。不过就精神的冲击力而言，后来的尼采对知识人的震撼可能是最大的，胡适却没有注意到这一点。他自己无论在哪一方面，和尼采的距离都是很大的。倒是鲁迅深深地注意到尼采与东方文化的联系，且将其融入了自己的血液。我有时想到他与鲁迅的分歧，与他们各自离尼采的远近也不能不说没有关系。超人与禅，前者难学，后者难悟，就接受难度而言，有时并不分上下，但尼采的深刻似乎更不易把握。

尼采的《苏鲁支语录》，和佛的讲演有些形式上的相近，可是力度过大，别人是不及的，像是地下的岩浆的喷吐，带着热和恢宏之气。而我们看五祖和六祖的语录，哪有尼采那么激烈？禅是静的意思，在无声里得天地之要义。尼采却是轰鸣的，虽是孤独地行走与独语，可是喷发着无边的蒸汽，让人无法躲逃气流的冲击。他的语录和释迦牟尼的语录也有相通的地方，比如强调自我的体验与行走，强调真理来自苦难的行程，认识可以超度自己、改变自己的命运。尼采希望每个人都成为自己，而不是他人；而佛家的禅的理念，到了六祖那里，一切人都能得到妙意。两者的看法是很近的。不过尼采的表现方式，有孤傲的一面，是惨烈的角斗，身上有强烈的痛感。他那血写的文字，撼动着每个读者的心。可是禅宗却让我们沉浸到空妙的虚无里，自然是万念俱灭，与天地相依。尼采语境的出现，对中国旧有的话语方式是一个颠覆。鲁迅其实就承担了这一颠覆的任务。所以，当胡适与废名从禅宗里各取所需的时候，鲁迅却把反抗与破坏的理念译介过来，形成一种超人的文本。激进主义与左翼文人的文字，都多少从尼采那里得到了些什么。

顾随先生生前有一本书《揣籥录》，是谈禅的大作。他也懂得尼采，从鲁迅那里嗅到西洋的反近代的气味。他大概是现代史中对超人与禅的话题了解最深的人之一，因为他的气质里就有这样的因素。不过，在禅与超人之间，他喜欢的却是后者，尤其鲁迅这样的超人式人物，让其终生为之倾倒。禅语有时不免暧昧、隐曲，而尼采、鲁迅何尝那样捉迷藏呢？在一个缺乏个人意识的国度，尼采与鲁迅那样的力之美，实在是耀目的。

禅让人从顿悟里飞天，成为俗务的解脱者。超人却把变革的话语移到生命的过程中，像一条河那样流着。我有时想，胡适的静，大概是因为未能得到尼采的激流的冲击，所以，虽是文学革命的先驱，却没有激烈的文本。鲁迅不然，他从叛逆者的轨迹里找到独行的方式，永不满足，永在出走，在田野里求索着。说他是中国的超人，也是对的。

真正的个人主义者，如果没有尼采式无畏的独行选择，是不可能成为超人的，可尼采自己却疯掉了，可知路是难的。鲁迅决不妥协的一面，很像尼采，可他却与大地、民众连接着，所以是活着的英雄，没有把自己与泥土的关系斩断。胡适不喜欢超人，因为理性的价值比狂士的存在更为重要。他也不想学习鲁迅，或许是觉得，痛感过多，搏斗太烈，生命的美就被损害了。

古老的禅曾使中土的文人学会了在寂静里超出万象，得到己身，那是古典的飞动，达到这一境界的人，心是从容的。废名、丰子恺都多少学会了这些。鲁迅不满于禅的地方是，它太重于气的表达，多智少勇。尼采所说的超人，在智与勇的方面，要凌厉得多，是自新精神的前导。于是剧烈、冲动、孤苦，在反现代性的过程中逼近了现代性。一静一动，都改写了我们的艺术史。这两个存在，本不该是对立的，实际却一直属于两个世界，好像是古今的不同。不过要是深入解读，使用我们现在的流行话语，似乎都不能解析它们，原因是我们的语言系统，与这两个世界实在是太隔膜了。也许这正是我们今天既没有鲁迅，也没有八大山人式人物的原因吧。

驳杂之文

在我的印象里，读勇者的文字固有快感，但读那些不太纯粹的人的文本也常常能得到镜鉴的意味，许多文化难题是存在于后者的文本里的。比如钱谦益吧，他的声名不太好，可后世文人讲到明代文人时，都不能不谈及他。文人这个群落，其实也有点像名利场，而那些有驳杂之色的人，往往能让我们内省，使我们这些后人知道，历史的演进过程，从来都神性与魔影相伴的。

日前我到怀柔乡下住了几天，没有事情，身上带着《牧斋杂著》，恰巧在住处的图书室遇到一册《钱谦益诗选》，也一并读了。心中有点感触，好像被刺痛了。难说喜欢他的书，他所有的心绪和读书之法，在历代文人那里都有一点，只是他略显复杂而已。

现代文人讲到钱氏，看法不一。陈寅恪、张中行、黄裳都在他的遗墨前驻足过，批评的和同情的话都说过。我对钱氏的学问不敢妄评，看过他的诗和小品、尺牍，印象深的是尺牍，其次是诗。他写给友人的信，尤其是晚年的，寂寞而情真，不像其他文字那么做作，对世道和学问，有不少灼见。知堂的小品文，在什么地方有点像他，慢条斯理，从容老到，一看就是久在书中浸泡过的人的手笔，遣词造句体现出深厚的诗文基础。奇怪的是知堂不怎么愿深讲他，是漠视呢，还是出于别的原因，就不知道了。

钱谦益早年有用世心，后来却屡屡受挫。晚年入狱，受到党人的排挤。他对儒、道的东西熟极了，后来醉心于佛学典籍，世俗的懂得，遁世之心也重，对人间冷暖是敏感的。他的小品文把学问和自己的感受融为一体，不像一般文人那么酸腐，而是有悟道的玄机。无论是诗还是文，他给人的感受是丰富，国难、家怨、己苦，都蕴含其间，有历史的厚重在。和顾炎武、傅山这样的人比，他没有奇气，却有着儒雅哀婉之风调，像荒圮楼台下的枯树浅草，半显衰微，半具鲜活之态，文字里留着士大夫远逝的梦。

他的文字里常出现“丧乱”字样，可见他的无奈、耻辱，和对自己的不满。人们说他的诗有杜甫的痕迹和李商隐的影子，也许是对的。人在寂寞的时候留下的诗文，都不矫情，感情自然喷发，的确像杜诗那样自然苍冷。比如《燕子矶舟中作》：

轻寒小病一孤舟，送客江干问昔游。
老有心情依佛火，穷无涕泪洒神州。
舞风矶燕如赪尾，吹浪江豚也白头。
水阔天高愁骋望，寻思但是莫登楼。

全诗肃杀，悲凉之气笼罩，有落魄江湖之叹。韵味虽逊于杜甫，而情感浓度则不亚于古人矣。如不是经历过大的磨难，以及人生起落，是装不出这种状态的。

看他的诗，常常觉得厚实自然，文气很顺，学识藏在背后，又不炫耀，如山泉泻地，轰然而下。《辛卯春尽歌者王郎北游告别，戏题十四绝句，以当折柳赠别，之外杂有寄托，诙谐无端，隐谜间出，览者可以一笑，其八》云：

可是湖湘流落身，一声红豆也沾巾。
休将天宝凄凉曲，唱与长安筵上人。

我觉得他的文字修养在那时是一流的，境界不敢说高，但比庸常的文人要好得多。文人命运多厄，文章可能就好，至少有丰富的体验在，是有起伏感和悲凉气的。但他学者气太足，似乎被沉重的书卷压着，就没有杜甫、傅山的清俊和奇拔了。

从钱氏的文章里，我们能够感知他的内心矛盾和家国之忧，这些都是典型的士大夫式的。精神萦绕在“被用”与“弃用”之间，这一点和杜甫有点相似，但他笔下又没有杜诗的翻转摇曳，也许是学者气太浓的缘故吧。他的诗之所以在气象上比一般人阔大，主要是因为背后有那个时代的风云，其内心的痛感与社会的神经是连带的。比如《岁暮杂怀八首》其一云：

十亩之间一老民，衰迟自分百年身。
未舒岸柳应愁我，欲放江梅又笑人。
故纸丹铅雠腐骨，虚窗灯火勘穷尘。
空山一笑无人会，落木萧萧下水滨。

一看就有种被浓浓的寂寞所包围的感觉，是欲用世而不得的苦楚。现代诗人不是这样，他们可由寂寞进入冷静的哲学层面；而明清文人在境界上还留在杜甫的层面，只是彼此略有差异而已。

明代文人的作品在形式上相较于前代略有变化，而精神上的奇趣还没展示出来。后来清军入关，一个本应延续的传统中断了。晚清的民族主义者，都爱从明代文人那里找精神的资源，是可以理解的。

三年前在常熟，曾专门去他的墓地看过，旁边是柳如是墓。那一次与友人谈到钱氏与柳如是，感叹了半天。他们的故事，隐含着士大夫的宿命，直到今天，像钱谦益这样的人，对我们的启发，都很复杂。记得前几年黄裳和张中行还围绕钱氏发生过争论，其争论的焦点是道德与气节。我有时想，像钱牧斋这样的人，学问深大概没有疑问，可是读他久了，会有种被暮气缠绕的感觉，不像傅山的文字那样使人动情，后者有种从郁闷里升腾出去的快感。钱氏让人很难亲近，但治学让人佩服的地方很多。他的一生似面镜子，照出了士大夫精神世界的明暗。我们中国的读书人，在精神的高度上，能像傅山的少，如钱氏的多，原因是骨子里还有脱不掉的旧习，在巨变的时代，犹豫、无奈，不能以清脱的姿态自塑己身，只能分裂地存活，俗的也来，雅的亦至，就那么驳杂地存活着。后来的读书人常常如此，也许是个宿命吧。

申涵光的诗

孙犁生前写文章，谈及河北的文化传统，口气里是有种自豪感的。且不说魏晋，仅明清时代，就多狂狷之士，那遗风至今在河朔间犹可看到。说到河朔，便想起河朔诗派，那是明末清初河北一带的诗歌流派，很有燕赵之地的风骨的。这个诗人群体在晚明开始出现，清初已现出风采，说起来有颇多传奇。我对于这个流派的作家的注意，始于阅读前几年出版的《聪山诗文集》，此集完全没有旧儒的迂腐之气，诵读间仿佛有燕赵间的劲朗之风吹来，是真纯之气的流转。后来与朋友讨论过这类文人的存在方式，发现是专制文化中的一个裂隙，有一种舒缓人心的意味。于是觉出孙犁乡土经验背后的遗存，似乎与古风也有关系。不久前看到的李世奇先生的新作《申涵光与河朔诗派》，才拨开一些迷雾，将河朔诗派内在的关系细致地展现出来，选取历史的一个片段，对燕赵之地、明清之际民间文人的整体面貌进行了观照。

明朝灭亡，士大夫者流面临着艰难的选择。传统儒家思想要求忠君，文人的信念忽然被现实击碎，要从心里接受异族的统治是大难的。但许多文人抵不住暴力与权势的侵扰，成为贰臣。唯有一些有操守的人不为风气所动，保持了古人所云之气节。顾炎武、傅山都坚守着道德底线，拒绝入仕，苦苦著书于民间。那时候与他们声气相投的人，许多也散落于民间，以申涵光为代表的河朔间诗人，即属于此列。张镜心、张盖、殷岳、刘逢源、刘佑、赵湛、路泽农，在那样的环境里不失儒者情怀，身上的豪气为俗人所无。我们看李世奇描述的这些人的交游，彼此的吸引都有诗文为证。这个小小的群落在那时候自觉疏离于主流社会，在互动中寻求慰藉，像闪电般把夜幕炸开一个缝隙，沉郁的夜色终于有了光亮。

在这里，申涵光的存在意味深长，用李世奇的话说，他差不多成了河北一带的代表人物。对于申涵光，文学史似乎不太谈及，知之者不多。这是个有理学气的人，学术品位与诗歌品位都高。徐世昌《大清畿辅先哲传》说到他的身世，云明亡之后，他拒不入仕，“归里，事亲课弟，足迹绝城市”。而魏裔介《兼济堂文集》云：

> 性不喜释老，解琴理，鼎彝书画，寓意而无所留意也。

交友不滥，生平同声气者，不过数人。

这大致能够看出他的特点，经历平平，亦非闻人。他的父亲为抗拒清军入关，杀身成仁，其为明代殉道的选择强烈地影响到申涵光。此后遗民的心绪一直挥之不去，这些在他的诗文和言行里都有体现。我阅读他的著作，觉得文字颇好，虽为儒者，却少儒生腔；心是静而纯的。天下事功儒多不能过名利关，渔利之徒何其之多！而申涵光则心性无伪，寓奇音于诗文之中，阅之觉奇思漫来，是本色的流动。明亡之后，心存故国的人多退居山林，不与流俗为伍了。他们的诗文中一方面有肃杀之风，一方面间以陶潜志向，两种士风漫卷，缠绵中不乏豪气。他自云：“醉向沙园卧短草，富贵何者空浮名。”他的诗，沉郁中带着温和的气质，毫不做作，从中可见其为人之磊落。他喜读朗然刚毅之文。《逸休居诗引》短短数语，审美之趣与人生之味尽在其中：

癸卯初夏，予有晋阳之役。过柏乡，辨若遗我诗一帙，未及读也。已而登太行绝顶，天风四至，清云激湍，怪鸟窥人，松华覆地，飘飘然作遗世想。恨无与偕游者赏其奇旷，乃急取辨若诗读之。雄广之气，与之相敌，不啻吾两人牵藤共坐，蹑履同游也。

唯有胸怀宽阔者，才能写出这样的文字，分明有六朝之韵，融入天地之间的淳朴之气，其不凡气象，于此历历在目矣。这样的文章，都不是逢迎之作，乃内心真实情感的喷发，真气朗朗然回旋于天地之间，给我们以神游的快感，他的人格之美也渗透其中。我们比较一下他和阮籍、嵇康，能感知其间有气韵的关联，而历来的史家，很少记述这些。或许是因其思想有“反骨”，或许是他隐秘过深，在主流文人那里，他的声音是微弱的。

申涵光欣赏浩然之气，对忧愤之文亦倾心，但文字又温柔常现，敦厚的样子一看即知。他的审美理念与一般狂士稍有不同，所谓孤孑之士“清厉而不伤于格”。此一特点的形成，大约还是过于恪守儒道之故。忧世而不失彬彬之态，还是过于老实。人们那时候喜谈顾炎武、傅山，而鲜及他，与此或许有些关系。古代这样的文人很多，可以说是儒家大传统中的小传统。儒家的分化与流变，使文人的特点也是多样化的。

天下的纯儒，或许都有此特点，即自我节制，所谓不逾矩者是也。申涵光对行为的选择是自我控制的，恪守士大夫的底线。他的言论有很强的道德意味，比如对富人耗财养艺人之举，多有微词。那些待人接物中恶语相讥者，也被其所厌。他一再批评“妄人”，以为是一种畸形的存在。这些言论的核心，是对虚妄文化的鞭笞，在他看来，伪人的出现越多，文化越不幸。

我十分喜欢他那些讽世的文字，干净、淳朴，亦有峻急之美。他刺世，单刀直入，心性的坦然一看即明。他内省己身，有苦行者之态，儒家的教义在他那里有点宗教化了。这里有他的迂腐，可是那种不畏俗陋，周身朗照的样子，在性灵的文字间凸显，真的让人心动。

明清之际的士，陷于污浊者，都不能自已，以致成为恶俗的俘虏。查相关资料，知道申涵光与顾炎武、傅山、陈子龙都有深交，内心是有道德操守在的。申涵光向来崇尚气节，对傅山等人有深深的敬意。他自己隐退山林，非安于“静”，而是为保持内心对纯粹精神的“敬”，这是他的夫子自道。在他看来，顾炎武、傅山都有点“敬”的传统。今人刘梦溪曾著文说，“敬”是中国文化的基本精神，真是悟道之言。申氏周围有一批远离名利之场的人，在为友人殷宗山诗集作序时，他说：“宗山出处似靖节，壮岁弃官，结茅寒谷，所与往来，皆山樵野客。”他第一次与殷氏相见，就觉得他“虬髯如戟，真气动人”。人无妄念，自能敦穆澹永，他读书与读人之中，对此体味很深。而其文之好，我们除了佩服，还是佩服。

中国的读书人一般不能处理好言行之间的关系。在审美上，刚柔亦难相兼。而申涵光既有雄浑高远气象，又有温柔敦厚之态，进退间不失爱人爱世的“敬”意，真乃中国文人中的奇士。

我读他的诗文，方觉古人身上的品格，今人已不易见到。在红尘扰攘的年代，能独守纯真，飘然有仙气，那是儒家精神烛照使然，后人敬之而不能似之，只能承认后世的儒风已经不那么纯正了。

上述思想，也贯穿在申涵光的诗歌研究中，可谓自成一体，看法是深刻的。他有一本谈杜甫的书《说杜》，只有片断行世，大部分都散佚了。可从那些只言片语里，常能读到惊人之语，字句间的清浊之辨、顺逆之别，都清清楚楚。考镜源流中，不乏悟道之言，其鉴赏力，不亚于钱牧斋与陈子龙，或可说还在他们之上。他敢于批评同代人的迂阔之思，精神有古典文学的气韵，浑厚与机敏的兼具，其读书人的疏朗之气，在字句间回环往复。

看《聪山诗文集》，可感到作者的学识的不凡。他读书之深与读人之深，在那个时代都可说是少见的；他对古今之儒的评判，有一个固定的尺度，识人之真切，确可说是一流的。他批评文人的口吻都是严厉的，厌倦于那些人身上的旧习气，觉得是对孔子思想的背叛。而在审视诗文的过程中，他有时有一点洁癖，不放过对瑕疵的指摘。即便是读解杜甫的诗，也敢说真话，批评其写作的陈套、板拙。有些言论，甚至显得苛刻，儒生的温文尔雅气在批评文字间消失了。因为在他眼里，诗人不都是圣人，用笔时不免走偏，世俗之力大而己力甚微，滑向歧途也难免。这种批评方法，就延续了孟子的某种思想，坦荡而带浩然之气。儒家的真意，申涵光是有着自己的体验的。

李世奇写《申涵光与河朔诗派》，以申涵光为主要研究对象，参之众多诗人的行迹，写他们彼此的互动，呈现出一道难得的景观。这些人或张狂，或侠义，或倜傥，都远离主流意识形态，隐居在太行山一带，过着简易的生活。许多诗文，在格调上都与江南文人的柔软、清秀之态相异，北国的厚重感流溢在文字之间。比如申涵光的诗作，读来古风习习，有唐人的感觉，加之一点六朝的味道，和明代诗人的通常风格有些不同。他的作品，都非随意的应酬之作，诗的内里有灵魂的隐痛和苦思，机智的句子甚多。申涵光的作品还有一丝寂寞的感觉，与世风的距离显而易见。他的句子奇崛的一面很多，不像其文章还有点儒家正统的意味。他的散文，不免在儒家的道德里转来转去，而诗歌，则是酣畅淋漓的表达，肃杀与忧郁的气息都有，说起来可称得上是朗润而超迈的。

在他的诗作里，仁爱的思想、敬民的思想，以及悲悯芸芸众生的思想都有，他写饥饿，谈访友，言悲情，是有一点杜诗味道的。作品不是凑热闹的表达，而是对孤苦的咀嚼。在他看来，明末以来，世风已经坏掉，诗文也不免被侵蚀大半。故他在古人那里苦苦寻找资源，复古的调子贯穿于他诗文集的始终。他咏物、赠人的文字真而深，像利刃刻石头般苍劲，有刻骨的感受，而无士大夫的无病呻吟。他心目中的汉唐，有大的气象，对人间高士，也多见美意。作品既有对陶潜“练气如幽兰”的怀恋，也有对唐人“浩然行且歌”的礼赞。他多次在文字里谈及对功名的厌倦，表示绝不与流俗为伍，坦然如秋日阳光，烈烈之色闪于旷野之中。《酬魏都谏石生》有句“吁嗟古道衰，官尊无定友”，说的是世风之坏；而“侧耳听狂言，未觉布衣丑”，便是赞美潇洒的处世态度了。他的自我审视有一种力量感，其内心的孤独一眼可以见到。《早春》有句“醉向沙园卧短草，富贵何者空浮名”，似带有鲍照、李白的痕迹。在他的诗中有时候也可以感受到处世之难，他在《病》中叹道：“病里中秋过，重阳九日来。可怜城市里，不见菊花开。”清冷寂然的心境可触可感。这里，读书人的苦境是有的，而期冀未尝不在。诗中苍凉的古意随时可以感受到。《泛舟明湖》：“北风萧瑟冷秋菰，水畔青帘问酒垆。醉里狂歌惊两岸，不知羁客是穷途。”我们读他的诗句，可见那时候的隐居与拒绝流俗的不易，其内心之苦，都不加掩饰地呈现于读者面前。

这些句子，都很壮怀激烈，而无佛家的空无与道家的仙意。一切都在人间的激流里，有不满，有谴责，也有追问，精神是冲荡的。《豫让桥》一诗，流露出典型的家国情怀，儒家的爱意与忧思流动在字词之间："国士英灵死未休，石桥遗恨古邢州。千年强赵俱腐草，水到桥边咽不流。"这里有杜甫的沉郁之美，也有孔子门徒式的自爱，读毕使人想起傅山的诗文，两者都有一股凛然之气在，不是扭捏自恋，而是匍匐在大地上，粘着泥土，却又放飞思想。晚明至清初，乱世之中，依然有纯正的儒家弦歌在民间弹唱，确是难得的存在。

与申涵光交游密切的几位诗人，在思想与情趣上都与其有复杂的联系。这个松散的群落闪烁着衰微之世里的奇异精神之光。他们以诗来表达儒家理想，为人的谨慎和文字的豪放形成一种对照。张盖的率真、殷岳的侠胆、刘逢源的旷达、刘佑的隽永，都透着奇气。李世奇写他们之间的交往，有些片段很是生动。躲避战乱与逃离世俗的时候，除了诗文之乐，也只有访问名山和与好友相聚才是让人快慰之事。申涵光与友人接触的时候，彼此的问答与诗文切磋，都显露出旧时文人最为淳朴的一面。这些人或以遗民之躯泼墨挥毫，或在与清官的互动中找寻济世的办法。在无聊的岁月做有趣的事情，便给那个时代带来不凡的景观。他们诗歌在风格上有接近的地方，共同点是有叛逆的精神，没有绵软的调子，刚烈的性情很鲜明。仅就我所接触的有限的诗文而言，在趣味上都靠近古风，明代文人的自恋殊少。他们的儒家理念，不是奴性之儒的遗存，诗中的精神，有理学的余绪。那就是以刚正精神为皈依，不附会世俗，与权力亦有距离。在他们那里，孔子的思想不是在权力掌控下的儒教的教条，而是凛然的正气，是解放人性的最高原则。他们把慎终追远的理念高悬在精神天空，一直有一种定力在。那些关于人格、骨气的思想，在他们那里有形而上的意味。马一浮说儒家的精神有一种内心的澄明，就是这个意思。儒家教养带给中国读书人的，不都是依附权贵的习气，亦有自立自强精神，这是五四那代人打倒孔家店时忽略的。如今看学界道德败坏之景，申涵光的价值，岂不让人思之又思？

我自己对明清之际的士大夫历史知之甚少，偶尔关注，便被那些奇异之人的诗与文所吸引。看了许多性灵派的文字后，偶读河朔诗派的文字，不禁暗生敬佩之情。从文字间想象那些人与事，大概是英雄豪杰之气的流动，给无聊的文人世界注入了一股新鲜的空气。因为社会风气太坏，而山河易位，激发了士大夫者流的家国情感。不过在选择的过程中，心口一致殊难，言行不一的现象在士的身上十分常见。在这样的环境里，申涵光在晚年也未尝没有徘徊，思想里的盲点依然存在，士大夫要真的超脱，其实也颇为不易。我们现在回望三百年前的人与事，能发觉古人的家国理念中的君臣之辨有不少问题，但在特定的时空里，他们选择中的对道德底线的坚守，的确是美的存在。在学识的渊博上，他远不及钱牧斋，但他思想的清朗纯粹，当和傅山相近。在明清的文人里，申涵光和他的朋友们都算不上大人物，但他们在民间的存在却有保持文化生态的意义，故他们正是鲁迅所云的“民族的脊梁的人物”。中国文化的保存，常常依靠这样的乡贤，他们才是民族精神生生不息的载体。在国家衰败的年代，人格要保持清白，可选之路不多，每一条路要走下去，都多苦楚的滋味。一是回到民间，与草木农夫为伍，可得真气；一是从儒家典籍中获取思想资源，精神定于一尊而不偏不移。在那样的时代，士大夫能够做到的，也仅有这些。而在申涵光那群诗友谢世之后的许多年，读书人的这种精神也渐渐稀少。后来陋儒泛滥，人格猥琐，已不复人间真意。这时候想起申涵光这类人来，我们除了感慨也只有感慨了。

关于《潜书》

明末清初的文人，经历了战乱，在江山易代之际，时代感受是强烈的，在文章里笑对江湖者多多，发牢骚的也有很高的水平，不像今人的乱骂那么不雅。梁启超在《中国近三百年学术史》讲到过唐甄的《潜书》，大加赞扬云：

> 铸万品格高峻，心胸广阔，学术从阳明入手，亦带点佛学气味，确然有他的自得。又精心研究事物条理，不为蹈空骛高之谈。这部《潜书》，可以慕追周秦诸子，想成一家之言。魏、潘恭维的话，未免过当。依我看，这部书，有粗浅，却无肤泛语；有枝蔓，却无蹈袭语；在古今著作之林，总算有相当的位置，大约王符《潜夫》、荀悦《申鉴》、徐幹《中论》、颜之推《家训》之亚也。

章太炎似乎也说过类似的话，手头没有资料，记不得他的具体言论了。因为孤陋寡闻，我对唐甄不太了解，后来遇到他的书，才知道一点情况。他生于明崇祯三年，字铸万，号圃亭，清顺治十四年中举人，后在山西等地为官。晚年在苏州定居，官场失意，与流俗不合，遂遭磨难，孤愤不已。所作《潜书》，洋洋洒洒，上天入地，天南海北地走笔，没有呆板的格套，在某些地方和傅山颇像，放言无忌，有一身傲骨。所以后来大凡有反骨的人，都有点喜欢他。到了民国，关于他的话题，还是时常出现的。

《潜书》在体例上很像《论衡》，也在模仿庄子的语气说话。不过他的才气可能还不及前者，所以只是有个别闪光的句子让我心动。他是个不满于现状的人，说说怪话，发发牢骚。特点是反复念叨今不如昔，尧舜才是盛世，余无论矣。“古之风也淳，今之风也薄；古之习也浅，今之习也深。是故古人之心，如镜蒙尘；今人之心，如珠投海。”然而也正因为总有一个古老的盛世作参照，看世就能察觉出诸多问题。他骂儒者虚伪，在那时是要有胆量的；为女子辩护，也和俞燮很像。他是个敢与流俗对峙的人。我觉得他还是个深谙历史的人，所以讲诸子之学，能以历史的眼光为之，说了别人说不出的话。他的著作是要为一生的经验做一个总结，不想屈服于别人的力量，自己讲自己的话，和一般的士大夫的确是不一样的。比如他看到流民杀人，就有深沉的悲慨，慨叹中国乃吃人的国度。《止杀》一文云：

> 道途之间，弥望更多山丘，迫而视之，皆积头积手也。蜀民既无可杀，饮食作乐，亦为不乐，乃自杀其卒。是时献忠之卒百三十万，先杀其新附者，已过大半，又无可杀。夏殷之前，不见此象，虽或有乱，兵起旋弭。春秋之世，兵虽不戢，无大胜败，或交和而退。至于七雄之世，杀人如乱麻。武安君为将，斩首之数，见于史者已九十八万矣。其他杀人之多，非数所及。十九代以来，不可胜举。若我生逢斯时，所闻之者：张献忠空江下之民，尽餍之于江，江水千里不可饮。及其据成都，成都屋宇市货之盛，比于姑苏钱塘，皆尽屠之。遣兵四出，杀郡邑之民。恐其报杀无实，命献其首。方欲杀延安初起之人，而身以为禽矣。

唐甄所讲的张献忠杀人，是他同时代的事情，时光过去不远，并非妄谈。《思痛录》《立斋闲录》都有记载，亦惊心动魄。只有经过这种生活的人，对文化的理解才可能有切身之感，而不是空泛议论。我在唐氏的文字里，读出了他率真的一面，毫无伪饰；其愤世的一面，也历历在目。读书人一般引经据典者多，鲜去碰棘手的话题，何况是在文字狱的危险很大的时期呢？暴民是专制社会的产物，他们把人视为工具，对不合自己需要的弃之如土。在这样的氛围下的文化，只能是主奴文化，做的是奴才的工作。《潜书》要破的就是这个不良文化，只是他的思想还不能脱离儒家的基本理念，书的力度尚不够强，那也不能责怪前人的。

大凡忧患之文，出于忧患之身。中国的文章，一直在忧患与粉饰太平间摇摆，没有第三条路的。唐甄是不满于现实的读书人一个代表，他们的认知层面渐渐开阔，一些基本的价值态度抬头了，只是思想的参照还太少，只能在黑暗里慢慢地摸索。比他出生晚一点的曹雪芹，才在审美的层面取得突破，文人的书写才有了可反复品味的东西。然而，中国能出现曹雪芹这样的作家，并不奇怪，在他之前的文人，确已在某种程度上产生了精神独立的意识。当然，文人整体的苏醒，还是五四时期的事情，到了那个时候，中国的文章才有了异样的色彩。

关于浦江清

一个人如果遇到一位好的老师，受到的影响自然是不能忘却的。西南联大的老师优秀者甚多，有的气味与汪曾祺相同，有的较远。年轻时候不谙世事，对一些老师说不出好来，阅历与见识都不够，失去治学的机会都是自然的。不过耳濡目染之间，还是有些心得，有的到后来倍觉珍贵。老年忆及旧人，对一些人则感念再三。比如在他所佩服的学人里，浦江清算是一位吧。

大约是二十世纪八十年代，汪曾祺写了篇《关于八仙》。文章很有见识，文气直逼古人，给人以清爽悦目的感觉。这篇文章受了浦江清的影响是无疑的。汪曾祺都听过浦江清什么课，我们不得而知，但我猜想浦的文采及考据之功，是征服过汪氏的。

浦江清生于一九〇四年，江苏松江县人，毕业于东南大学外语系。后受吴宓赏识，到清华做陈寅恪的助手。抗战时期到西南联大。他授课的内容多为文学史方面的，很多文字留下了讲课的心得。他在许多地方像周作人周围的那类人物，和俞平伯、朱自清、吕叔湘、江绍源等人关系不错。他写文章，走的是顾炎武或张岱的路子，善于考订旧迹，对野史札记信手拈来。读他的论文，常常可以在看似枯燥的文字中品读出可玩味的东西。

如果得以中寿以上，他会留下很多著作。可惜他在五十年代后多病缠身，一九五七年就辞世了。他去世后，杨晦、游国恩、吕叔湘等颇为感伤，觉得学界失去了一个重要人物。后来《浦江清文录》问世，收有《八仙考》《花蕊夫人宫词考证》《词曲探源》《词的讲解》《评王著〈元词律〉》《论小说》《谈〈京本通俗小说〉》《〈逍遥游〉之话》《评江著〈中国古代旅行之研究〉》《屈原》《屈原生年月日的推算》等文，尤以《八仙考》为代表作，文笔之好与见解之深，令人击节赞叹。

汪曾祺谈八仙，在资料使用上受到了浦江清的影响无疑，在观点上也有接近的地方。他在《八仙》一文中说：

> 八仙是反映中国市民的世俗思想的一组很没有道理的仙家。
>
> 这八位是杂凑起来的班子。他们不是一个时代的人。张果老是唐玄宗时的，吕洞宾据说是残唐五代时人，曹国

舅只能算是宋朝人。他们也不是一个地方的。张果老隐于中条山，吕洞宾好像是山西人，何仙姑则是出荔枝的广东的增城人。他们之中有几位有师承关系，但也很乱。到底是汉钟离度了吕洞宾呢，还是吕洞宾度了汉钟离？是李铁拐度了别人，还是别人度了李铁拐？搞不清楚。他们的事迹也没有多少关联。他们大都是单独行动，组织纪律性是很差的。这八位是怎么弄到一起的呢？最初可能出于俗工的图画。

……

八仙后来被全真教和王重阳教拉进教里成了祖师爷，但他们的言行与道教的教义其实没有多大关系。他们突出的事迹是"度人"。他们度人并无深文大意，不像佛教讲精修，更没有禅宗的顿悟，只是说了些俗得不能再俗的话：看破富贵荣华，不争酒色才气……简单说来，就是抛弃一切难于满足的欲望。另外一方面，他们又都放诞不羁，随随便便。他们不像早先的道家吸取什么赤黄气，饵丹砂。他们多数并非不食人间烟火，有什么吃什么。有一位叫陈莹中的做过一首长短句赠刘跛子（即李铁拐），有句云："年华，留不住，触处为家。这一轮明月，本自无暇。随分冬裘夏葛，都不会赤火黄芽。谁知我，春风一拐，谈笑有丹砂。"总之是在克制欲望与满足可能的欲望之间，保持平衡，求得一点心理的稳定。达到这种稳定，就是所谓"自在"。"自在神仙"，此之谓也。这是一种很便宜的，不费劲的庸俗的生活理想。

汪曾祺谈八仙，还显得简单，浦江清则是深切的，考据与思想都有，确有跨俗的气象。《八仙考》云：

此八仙的构成，有好多原因：（一）八仙空泛观念，本存于道家。（二）唐时道观有十二真人图等，为画家所专工，此种神仙图像可移借为俗家祝寿之用，因此演变成此八仙图，至久后亦失去祝寿之意，为俗家厅堂悬画。改为瓷器，则成摆设。其用意与"三星"同，祝主人吉祥长寿之意。（三剧）本起于宴乐，《蟠桃会》等本为应俗家寿宴之用的，神仙戏亦多用以祝寿。其中八仙排场最受欢迎，适合戏剧的组织。（四）此八仙的会合，约略始于宋元之际。（五）此八人的会合并无理由，在绘画方面，犹之唐宋道家画《十二真人图》，南宋版画雕四美人，宋元俗画《七仙过关图》的随便组合。戏剧方面，名录颇有出入，也从演变而渐渐固定的。从这样看来，八仙的组成与真的道教关系很浅。只有钟、吕两人有两重人格，一是神仙，二是教主。所以他们一边加入为民俗艺术所采用的神仙集团，一边被全真教推尊为祖师。然则全真教应该只尊钟、吕为祖师了，但后来又容纳另外数仙，而认为别派。此是晚起，显系化于民俗。

大凡对八仙感兴趣的，都是爱好民俗，而且对民俗学有所研究者，能悟出许多门道来。在这个意义上说，汪曾祺和他的老师很有接近的地方。不过浦先生毕竟是学者，从他的文章能看出来受到陈寅恪的影响很大，也多少受到王国维的影响。但文章的写法却是周作人式的古雅。只是他不像苦雨翁那样纯然出于小品心态，其考据与作品解析走的是陈寅恪的路子。浦江清的学问没有虚浮的那一套，乾嘉学派的东西是有一些的。在文章的格局上，他比周作人要大气，将史学与诗学的因素融为一体。他思想上不及周氏深远，在他身上多少能看出俞平伯式的格调。所以，我以为汪曾祺注意到这位前辈是自然的。

从某种意义上说，浦江清是个有文体意识的人物。他对文言与白话的关系有着独到的理解，是少有的文学史家。他在《词的讲解》中说：

何以中国的文人习用文言而不用他们自己口说的语言创造文学，这一个道理很深，牵涉的范围太广，我们在这里不便深论。要而言之，中国人所创造的文字是意象文字而不是拼音符号（一个民族自己创造的文字，应该是意象文字，借用外族的文字方始不得不改为拼音的方法），所以老早就有脱离语言的倾向。甲骨卜辞的那样简短当然不是商人口语的忠实的记录。这是最早的语文分离的现象，由意象文字的特性而来，毫不足怪。以后这一套意象文字愈造愈多，论理可以作忠实记载语言之用，但记事一派始终抱着简洁的主张，愿意略去语言的渣滓。只有记言的书籍如《尚书》《论语》，中间有纯粹白话的记录。而《诗经》是古代的诗歌总集，诗歌是精炼的语言，虽然和口头的说话不同，但《诗经》的全部可以说是语言的文学。所以在先秦典籍里实在已有三种成分，一是文字简洁的记录，二是几种占优势的语言如周语、鲁语的忠实记录，三是诗歌或韵语的记录。古代的方言非常复杂，到了秦汉的时代，政治上是统一了，语言不曾统一，当时并没有个国语运动作为辅导，只以先秦古籍教育优秀子弟，于是即以先秦典籍的语言作为文人笔下所通用的语言，虽然再大量吸收同时代的语言的质点以造成更丰富的词汇（如汉代赋家的多采楚地的方言），但文言文学的局面已经形成，口语文学及方言文学不再兴起。

浦江清对文言与白话的理解，很是透彻。他看到了汉语的意象性，看法颇为有趣：

> 文言的性质不大好懂。是意象文字的神妙的运用。中国人所单独发展的文言一体，对于真实的语言，始终抱着若即若离的态度。意象文字的排列最早就有脱离语言的倾向，但所谓文学者，要达到高度的表情达意的作用，自然不只是文字的死板的无情的排列，如图案画或符号逻辑一样；其积字成句，积句成文，无论在古文，在诗词，都有它们的声调和气势，这种声调和气势是从语言里模仿得来的，提炼出来的。所以文言不单纯接触于目，同时也是接于耳的一种语言。不过不是真正的语言，而是人为的语言，不是任何一个时代或地方的语言，而是超越时空的语言，我们也可以称为思想的语言。从前的文人都在这种理想的语言里思想。至于一般不识字的民众不懂，那他们是不管的。

这篇文章写于四十年代，考虑的问题之深不亚于当年的胡适。四十年后汪曾祺谈论语言的问题，和浦江清多有相似的地方，作为作家，对其中三昧体味很深，只是没有老师的深切周密。所以，汪曾祺在八十年代横空出世，不是一空依傍的。

民国以后，在白话文里体现出明清笔记风韵的人很多。文人随笔大致有两种写法：一是周作人式的学术小品，二是浦江清那样的随笔式考据论文。前者有点思想漫步的意味，后者是纯粹的学术文章。汪曾祺介于两者之间，多的是作家的风采。新时期以来的作家在文学的路上走得很远，文体越来越白，似乎底蕴不够。浦江清那样的文字，因为太深，而知之者甚少，殊为可惜。倒是汪曾祺把文学意味和古雅的学问熔为一炉，扩大了影响。写周作人那样的小品要有智慧才行，浦江清的文字是逻辑与诗的，都不好学。汪曾祺得其一点，点染发挥，遂成大势，但与此同时也弱化了思想，不及周氏多致，也无浦氏深厚。他兼得前二者的神采，自成一路，中断的传统在此被衔接上了。

周作人、俞平伯、浦江清写文章喜欢引用野史杂记里的东西。浦江清对非正统的文化颇多兴趣。这是五四后的文人新眼光使然，把内容搞得美妙新鲜，而叙述上不失古人的雅态。在许多地方，汪曾祺和这位老师都有相似，如都喜欢民间的谣俗，对野史杂记都颇有心得。浦江清论文里引用的明清文人杂书，汪氏也爱看，经常入眼，且能融化于文中，彼此在趣味上很是接近。近来谈汪曾祺文章者渐多，比较汪、浦两人的关系者不多，这是个题目，我们细细体味，还会生发出不少趣谈呢。

张伯驹的遗产

老友靳飞作《张伯驹年谱》，印之前我有幸寓目。我自己对张伯驹所知甚少，所识不过冰山一角。靳飞说此书几易其稿，历时凡十余年，其拳拳之情，透在纸间。书中涉猎颇广，史料亦足。闲时阅之，觉峰回路转之中，常有神灵扑面之感，见到了许多前所未见之景。年谱不仅是陈迹的罗列，亦能成人间长调，其间可咏叹者，一时无法说清。

张伯驹是个奇人，用靳飞的话说，他一生“牵扯到晚清、民国、共和国等几个时代的政治、社会、经济、文学、艺术、军事等诸多方面”。前辈学人写到张伯驹之处，有溅血的声音，宛成一部痛史。那是我初次接触他的史料，被深深感染。近来看上海古籍出版社出版的《张伯驹集》，渐知其文采，觉得其文章、诗词均有妙处，为晚近少有的文物专家、戏剧家和诗人。靳飞所作年谱，较前人的叙述更全面、具体，对一个人与一段历史的描摹，维度也广了。兴亡之变、荣辱之声均在，感慨之间，怅然之气隐隐。读这本书，对我来说是一次补课，这些是在大学的课堂上不易学到的。

民国至今，文化的变异很大，世道人心都不同于以往。张伯驹生于乱世，偏偏情系传统，于琴棋书画中得诸多乐趣。往来于政商之间，却没有染有政商界的恶习。且用自己的资源抢救文化遗产，谈艺、收藏、演戏、教学中，古文明的遗绪宛在。他在颠簸之间，所作所为，均非为己身小利，那种痴情，我们在现在的文人那里已不易见到了。

在现代史上，激进的文人之声后来覆盖了文坛，士大夫的情调则有落伍之嫌。张伯驹是易代之际的闲人，他从事的事业，都是非主流的，今天的青年人能得其妙意者恐已不多。他唱戏，填词，写楹联，鉴赏古字画，看起来都与新文化无关，做派、趣味与革命的文艺也相去甚远。因为闲，便没有火气，保留了士大夫好的传统。一言一行，都有传统中的真气。有趣的是，张氏不仅闲，还很痴，闲人而又痴情，则有使常人不解之处。我们看他的诗文，知他对古董、旧画、历朝书法，均有心得。言及梨园的旧事，尤其形神兼备，非一般鉴赏家可及。他虽痴情，却不贪恋，能够以出世的态度面对诸多美物，佛家的空无思想也含在其间，故拿得起，放得下。一切都转瞬即逝，唯爱永在人间，美不被尘世遮掩，他就心满意足了。

梨园界，因为有张伯驹、齐如山这样的文人在，文化水准便可与诗文界相仿佛，有了非同寻常的意味。张伯驹对梅兰芳、谭鑫培、余叔岩的理解，是学术的与诗的。他把京剧与佛学，与审美的最高境界联系在一起，便知道如何把握其发展的脉络。《红毹纪梦诗注》对梨园旧事的勾勒，乃民国戏剧史上重要的一页，看出舞台艺术的真谛，那是内在于戏剧美学，为圈外人所不懂的存在。他在其间领悟到凡俗之外的东西，人间的极致之美于此可得一二。《佛学与戏剧》一文就讲到戏剧的审美妙谛：

> 依予研究结果，佛学与戏剧，同是彻底解剖人生，以为积极维持人生永远安宁之工作。佛学以真我置于旁观地位，而以假我为一切化身，以解剖人生。戏剧则忘其假我，以真我为一切化身，以解剖人生。一为写意，一为写实；一为由原质而生方法，一为由方法而反求原质；一为由高深而趋浅近，一由浅近而入高深。取法不同，归宿则一也。

这分明解释其深浸梨园的原因，看戏不是简单的观人看事，更是悟道求真的选择。他知道，在一个风云剧变的时代，自己不是改革社会的人物，但可以找到安顿自己生命之所。新的时代可以安放自己与否，不得而知，但过往的文明里有这样的遗存是无疑的。他对古代文物、宗教、文学，都有心得，诗文出笔不凡，臻于超俗的境界。

在中国，一个人的学问如何，看他对美术的理解，对诗词的体悟，对佛教的认识，便可知道大概。张氏解析历史遗物，好奇心之外有生命的温度，能够驻足于文明里的闪亮之地，历史遗产与其生命已经息息相关。他以这样的心境进入梨园，就多了诗心和快意。

这样一个心怀天下的人，却一直身处厄运之中，说起来是一个悲剧。他早年遭兵匪之患，晚年被划为“右派”，流放到东北，所牵连的人事与文事非一句两句话可以说清。但也恰恰因此，他对历史与文明的认识，有了切肤之痛。知道自己应当做些什么，不应当做些什么。我想，靳飞著此书，便出于其内在的感动吧。

五四之后，新文人吐故纳新，有许多佳作问世，遂引领了社会风潮。张伯驹这样的人物，看到了革命的不可避免，但以为对文化的革命，应小心谨慎，不可对文化遗产简单视之。我们看他论述戏剧与革命的文章，可以感到，他是有济世之心的人，主张文化里的静的一面。近代以来的革命，在动的一面甚多，忘记了文化中静谧一面的益处。中国文化的精妙之处，在于超时空的安静。古老的遗存定格在生命深处，外面的风雨如何猛烈，均不能撼摇其根本。于是在晦暗之地有奇光闪烁，于风雨之夜有安定之所。张伯驹的文化理念，其实并不落伍，今天想来，那温润的词语与旷达的情怀，岂不正是今人所需要的？旧的戏文与词章，是许多代人精神的积淀，是粗糙生活的点缀，也是由无趣进入有趣的端口。张伯驹深味我们的时代所缺少的东西，于是苦苦寻梦，且与世风相左，那恰是他不凡的地方。

我注意到，他平生留下的文字不多，除《红毹纪梦诗注》外，还有《续洪宪纪事诗补注》《丛碧词话》《丛碧词定稿》《素月楼联语》《春游琐谈》《丛碧书画录》等。年谱据此发现了他的许多生平史料，眼光是中正的。我于此看到谱主的知识结构，觉得那一代人的杂学里，有文化中最美的元素，这些在当今的文学学科里已经没有多少位置，被认为是一种小道，但其实我们细细查看，最有最贵重的存在。我们从中所得的，是在新文学里所无的东西。比如他的书画题跋，篇篇都好，谈名画、名人笔记，在鉴赏的深度外，还有知识的趣味。明清到民国，士大夫喜欢写短的书话，从钱牧斋到纪晓岚，从知堂到黄裳，写过许多美文。张伯驹与他们不同，他写的文字，都与实物有关。他在古人的遗迹里，摸索历史线索，又谈及思想与诗趣，故不给人以空泛的感觉。文明在他眼里，是形象可感的存在，可触摸的文与画，能激发我们对遗产的爱意。他所藏的晋陆机《平复帖》卷、唐杜牧《张好好诗》卷、宋范仲淹《道复赞》卷、宋黄庭坚《草书》卷，均为国宝，都捐给了国家。言及这些作品，他的鉴赏的眼光独特，写过许多妙文。他谈论书画的题跋，常能道出对象的原委，又点明其真伪，于线条色彩与气势间，揣摩古人心境。比如他在《唐李白上阳台帖卷》中说：

> 太白墨迹世所罕见，《宣和书谱》载有《乘兴踏月》一帖。此卷后有瘦金书，未必为徽宗书。余曾见太白摩崖字，与是帖笔势同。以时代论墨色笔法，非宋人所能拟。《墨缘汇观》断为真迹，或亦有据。按《绛帖》有太白书，一望而知为伪迹，不如是卷之笔意高古。另宋缂丝兰花包首亦极精美。

文字老到而有见识，乃鉴赏家的妙笔。他对民间流传的艺术品，多有警觉，知道什么是赝品，什么是杰作。现在从事文物鉴定的人，多不会写文章，有语言功底者不多，而他的笔锋从容明快，其文字如久历沧桑者的独语，文人雅事，悉入笔端。我们这些后人，对其遗文，只有佩服。

从年谱中的资料和《张伯驹集》看，他是个很通达、幽默的人，既能够写出词学研究的妙文，又能记艺林俗事，使览者于正史之外得到启悟。我喜欢他那些关于文坛掌故的文章，觉得不比郑逸梅的艺林闲话差，《世说新语》式的智慧也常在他的笔下闪现。有趣的是他对伪道学的态度，与太炎先生颇为接近。《道学先生》一文讽刺朱熹以来迂腐文人的荒谬行迹，六朝人的笔法历历可见。他对民国往事的勾勒，雅音有之，闲笔亦多。比如《职官考》，写民国官制的可笑，参以民间笑话，批评的眼光与新式文人很是接近。张伯驹在述往的文字里，能够跳将出来，以历史的眼光反观旧物，又有批判的精神，有着旧式士大夫中少见的风采。我们从他欣赏章太炎、黄侃、吴承仕这一点上，读出其旧文人气里的叛逆精神，他在新旧之间的选择，原也复杂得很。

我们过去笼统地把这样的文人归为遗老，其实这是一种误解。新文学史不太述及这类人，就遗漏了民国文化的史上的一道光彩。我这代人，受到“文化大革命”的影响，对张伯驹这类旧派人物，多有隔膜。将旧戏、旧事、旧画，都视为废物，不敬的地方很多。我在博物馆工作多年，通过与历史旧物的接触，发现自己竟是艺术的盲人，对许多遗产很无知。再后来读到那些被打倒的文人的旧作，发现有许多的高明之处，遂叹近代以降革命的残酷。中国社会的悲剧，在于对文化的破坏。而历史的精妙，常常存在于那些喜静的文人之中，他们倒是延续了民族精神的火种。张伯驹保存的字画，均系国宝，价值连城。官方所忽视的遗存，他却以性命存之，成为历史佳话。

年谱所谈的话题颇多。作者旁征博引，虽只列资料，而臧否之意存焉。我看这部年谱，对晚清的一个知识群落有了兴趣。这个群落，过去被视为“遗老”而鲜被谈及，但他们的存在，对文化遗产的保存，真的重要。张伯驹与张大千、齐白石、梅兰芳、尚小云、余叔岩均有深交，而和晚清学界闻人也有接触。民国政界人物袁世凯、张作霖与其有交往，后来周恩来、陈毅等党和国家领导人与他的关系亦很不浅。在这个关系网里，他情之所系者，非世道功名，而是纯美的精神。我们读他的诗文，便可见其素朴生活的非同寻常的一面。

因为不懂梨园的历史，我对此年谱的许多地方无从判断价值，但感动我的是作者的善心。靳飞写这部年谱，有他的寄托。作者心系梨园，且广涉民间文艺，通京都旧俗，写这样的书就有会心之处，每每有惊人之思。因崇仰而寻觅，为梦想而成诗，就没有了功利之心，似乎也与其生命的存在有关，说起来很有意思。作者青年时代便与京城文化老人交往，除梨园界外，在出版界、作家圈子亦多忘年之交。但其用力最久的却是这部著作。我想，张伯驹之于靳飞，大概就像鲁迅之于胡风，知堂之于废名，乃一种传统的延伸。靳飞是梨园界的名人，扮演的角色也像当年的张伯驹。比如他打造的中日版昆曲《牡丹亭》，引进日本的花道、香道元素，向日本推介胡文阁、谭正岩等名伶，均功不可没。而靳氏还醉心于旧的诗文，喜谈文物与历史掌故，均有民国文人的意味。张伯驹在许多方面，都是他的前导。谁说著书立说者，不是借着古人之镜而观照自己呢？

从这个意义上说，《年谱》不仅是一个历史人物的影像资料，更是一位后学寻梦的心影。我们在这里看到了两代人的对白，那是一种穿越时空的交流。有默契，有呼应，也有嗟叹。年谱的写作，不动声色而能让人泪下者，是最高明的文本。这固然因了传主的魅力，也有著者的编述之功。我在此读出我们文明里最黯淡也最性灵的一页，才知道，过往的时光里，有许多我所不识、不解的人与事，而这些已经成了《广陵散》般的存在，不可复制了。想到此，便感到黯然，惆怅顿生。五四之后，学界把文学划为新旧两营，界限分明，不知道新中有旧，旧中含新，革命成功后文化理路愈发单一了。靳飞是个努力复兴旧梦的人，其文字中有追寻旧梦的渴念。这虽然不免有点堂吉诃德的样子，但他的大爱精神，就这样与张伯驹的遗产重叠在一起了。

黄裳先生

黄裳先生去世后，我看到许多怀念文章，一个感觉是，读者对他的敬佩之深，是他生前未必意料得到的。黄先生一生只写小品，没有巨著，但在文风上自成一格，为许多作家所不及。这样的报人，在现在的新闻界，几乎看不到了。

我注意到黄裳的文章很久了，读他的文章，常常能感受到一股真气，老到、沉稳，散发着清淡的书香。他从二十几岁开始发表文章，一直保持着高水准，直到九十岁高龄，文字依然楚楚动人，厚重里不乏诗意，那些关于文史的小品，是延续了周氏兄弟气韵的。

他很早就做了记者，去过印度，有过一些译作。他的记者生涯中也颇有可圈可点的经历。他采访过梅兰芳、知堂，那些笔记成了文坛精品。他在文章的风格上，模仿了知堂，题材与情调都与其相仿佛。但他生性喜欢鲁迅的峻急，常与人争辩，左翼的传统在他身上清晰可见。所以，在他那里，士大夫的学问、五四的热情、现代报人的趣味都有，是个难得的杂家。他的笔墨在几个领域流动，文字中所含的幽隐之调，是可以慢慢品味出来的。

唐弢当年给他的书写序，说其喜欢谈谈掌故，流连文史，文章颇有品格，那原也不错。就学问而言，他比一般人驳杂，戏剧、文学、历史、哲学都有所涉猎。不过最给人惊喜的，是他谈版本目录的文章，他对明清刻本的喜爱、研究，非一般人可及。他觉得中国文化里，许多学问的存在都有审美的价值，所以一生往来于许多学科之间，以诗意之笔，去描摹那些文化的碎片，吉光片羽间，美的灵思缓缓流出，把五四后的小品文传统延续了下来。

我有一本他送给我的签名本，是谈明清版本的，历数往事，在各类书籍中寻觅历史的旧迹，讲述背后的故事，每每有灵光闪现。他讲明代文人，批评的时候居多，而不是随声附和，这种价值取向大约受了鲁迅的影响。因为他知道，在专制社会，文人有天生的痼疾，不指出来是不行的。所以那些关于钱牧斋、陈子龙的文章，好像是在说今天的事，旧梦未曾中断，这也是一个证明。至于他写的晚清文人逸闻轶事，也多史家之叹，但在表达方式上却是诗的，像文人的咏史小品，含蓄而沧桑。这样的文章，不是人人能写的，钱锺书致信说，他的笔法有知堂的风格，应当说是对的。

他接触的学者和作家很多，喜欢收藏他们的墨宝。他的藏品中废名、俞平伯、朱自清、闻一多的信札均有，每一幅字都很珍贵。那些信札，多是他求来的。因为他是记者出身，自然知道记录他人形迹的重要。他把玩它们，觉得有生命的温度在，由字及人，再及历史与文化，那是一种文化的放大，让他乐在其中。我们读他介绍这些墨宝的文章，能够感到别人所没有的发现。

黄裳也写游记，但所记所思，与一般作家相异，乃学者的阅史阅人之乐。在风情与遗迹间，能找到的是一种思想与诗情的存在，且在对历史的观照中糅进一种现代人意识，古今之变中的沧桑感像浸了油的宣纸，慢慢变色，多了些许异样的色泽。这些文字，有他的历史观和审美寄托，在他看来，如此书写，是升华生命感受的过程，文章的趣味与境界，也就油然而生了。

让我意外的是，这样的人一般应沉潜在古董里，不谙世故才对，但他似乎不是这样。晚年的他喜欢与人论战，写了许多锐利的文章，与柯灵、张中行都有过辩论，有些观点很偏激，一副舍我其谁的口气。也许是受到左翼文化影响之故，显得激进甚或不近情理。可是，论辩中也有智慧在，那些词句非书斋里的学者可以写出，六朝与五四对他的影响，都是可以看出来的。

恰是这一特点，使他身上的士大夫气异于传统的调子，有了现代的意味。在上海，他大概是最会写文章的人，也是常惹争议的人。他的小品散文能够浸润在士大夫气里又超脱于士大夫气，乃因为有现实情怀和批评家的修养。因为读书颇多，阅人无数，又出入文坛，故能体贴历史语境，又可远远观之，保持一种批判的态度。那文字就脱离了老朽气，有了清新之感。在文字日益粗鄙的时代，在散文中糅入学理与智慧，加以东方人的诗意，殊为难得。黄裳的笔墨，可谓五四小品文的当代遗响。

我们说当代的文人多不懂文章的章法，那是与传统隔膜所致。黄裳对生活的认识，是在古今的对照中进行的。今天的一切，历史的旧迹里也有，那么看古人，其实也是解析今人，在历史的河流里看潮起潮落，自有一番快慰。他的历史观的基调，从五四那里来，加上一点左翼的传统，不像曹聚仁那样想超越左右翼的思想，做历史的看客。黄裳的价值观是鲜明的，虽然在审美上是古典的余韵，而看人看事，不免道德先行，有时甚或不近情理。可是我们不觉得这是一种矫情，那是他骨子里的本色，青年人要模仿他，是不易像的。

唐弢、阿英、郑振铎等人，也写得一手好书话，但总体的成就，似不如黄裳大，原因有多种：一是黄裳懂得版本、目录之学，且持之以恒。二是他一直在读社会这本大书，没有脱离当下的语境。黄裳的现实感，吹走了文章中的暮气，新鲜的空气是流动的。我们看俞平伯、沈启无的文章，常常觉得是象牙塔里的摆设，真的像个小物件。而黄裳的作品却既有匕首的威力，又带古埙般的神韵，与人生息息相关。比如他谈戏的文章，是有舞台的感觉和新闻的视角的，而落脚点却在学术的脉络里。讲明朝的文人，情感在民国的经验，对气节、道德操守就看得很重。这样的文章，介于记者与学者之间，兼采两者的优长，又避开了各自的短处。活文章与死文章，用他的遗著一衡量就看出来了。

六十年来，中国文人的职业分割越来越细，彼此渐生隔膜，互不通气。文章呢，也越发单调。记者写的文字是一种八股，学者的文字也是八股，而作家仅仅会讲一点故事，文气则尽矣。汪曾祺、孙犁都批评过这个现状，而作家中能如贾平凹那样通透、博雅、朴实者，寥寥无几。我有时翻阅黄裳这样的人写下的文章，就觉得文风温润，能感受得到汉语的魅力。虽然对他的观点并不都赞同。

十七年前，我帮助姜德明编辑一套书话丛书，内有黄裳的一本。书出版前，出版社要求在书的背面写一段评语，我不揣冒昧写下了一段感慨的话。书出版以后，与黄裳先生通过许多次信，他从未提过我写的那段吹捧的话。也许是不屑一谈，也许是回避。我知道，他对我评价他的观点，并不都赞同，可能还有一些分歧。但我对他的敬佩一直保持至今。有时写文章前，翻翻他的书，借来一点仙气，真的有一种快意。我对他的感激之情，永存在心。

国语、汉字、国语文

白话文运动之后，关于汉语自身问题的讨论也随之而来。汉字的保留与否成了一个问题。今人批评《新青年》的激进意识，不能容忍者殊多，其中之一是其对于传统的背叛，非儒、叛祖，以虚无的态度面对遗产。而最重者，是对汉字的不恭，废除汉字的口号，在后来的许多学人看来，是有认知的偏差的。

这些其实未必深得要领。我们细读那些前辈的文章，会发现其行为并非无端的冲动。他们不仅对传统研究甚深，且对域外文化亦有新解。在民智未开的时代，他们苦苦摸索，所说所做，都有历史的必然性，探路者的足迹，是有生命的温情的。

在新文化运动之前，许多学人已经开始考虑汉语书写的改革问题。一八九二年卢戆章《一目了然初阶》提出切音新字的思路，此后，赵元任、吴稚晖等人就思考过文字改革的路径。拼音化、简化汉字，已经被学人以认真的态度思考过。但那时候这一主张还停留在书斋里，影响十分有限。读赵元任早期的文章，会发现其关于汉语、汉字的思考都意味深长。《吾国文字能否采用字母制及其进行方法》中提到的“国语罗马字”方案后来也因他的努力而出笼。不过，在这个过程中，新文化运动是推动汉字改革的重要力量，因了这个运动的存在，语言问题才被提上议事日程，这个近代文化史上的热点直到今天依然被人所不断回味。

白话文运动的本质是语言的表达方式的变革，它涉及国语、汉字、国语文三个方面。如果不系统考虑三者的关系，可能难以找到新的表达途径。在新文化运动初期，人们对于这样的话题考虑不周，思路后来才渐渐清晰起来。白话文的提倡，乃寻找表达方式的突围，在论及这个问题的时候，胡适提倡白话文于前，陈独秀、钱玄同等呼应于后，形成一代人精神的共振。胡适等人认为，新文化运动要解决“言文一致”和“国语统一”的问题，而文学问题与语言问题是可以用相近的逻辑解释的。在《〈国语月刊〉“汉字改革号”卷头言》中，胡适把文学改良和汉字简化看成同样重要的事情。重新认识语言与文字，考量其间的得失，恰是那代人自觉的使命。

在整个新文化运动过程中，钱玄同在文章理念与汉字改革方面给后人留下的印象尤深。在钱玄同看来，文章的改良，乃必然之道。他觉得旧文章毛病很多，与今人的思想不符，是大有问题的。中国旧的文章和文字，乃旧时代思想的载体，书写已经走上僵化之途。在《反对用典及其他》一文里，他与陈独秀说："弟以为古代文学，最为朴实真挚。始坏于东汉，以其浮词多而真意少。弊盛于齐梁，以其渐多用典也。"这一言论，从文章学的角度看，并非没有道理，还很是切中要害的。中国文章脱离现实生命的体验，流于形式主义，可能与士大夫的价值走向有关。当文字的价值在书写里变大的时候，文人者流笔墨游戏的过分之举，成为文章弊端，其实也是伤害文化的精神因素。

就思想的表达的奇异性而言，章太炎对钱玄同的影响不可小视。无论在文章学还是音韵学上，他们之间都有承传之迹。章太炎当年的文章风格的变化，与他的学术理念有关。他以古文为基础的思想表达，隐含着一种寓意，那就是在意象、韵律与节奏方面，与当下精神拉开距离。文章原也有内在的规律，不应敷衍为之。与章太炎一样，他的弟子们都不太看得上梁启超一类人物，原因是梁氏缺少精神的亮度，文章还在旧的路上。他在《新文学与今韵问题》一文中说：

> 梁任公的文章，颇为一班笃旧者所不喜；据我看来，任公文章不好的地方，正在旧气未尽涤除，八股调太多，

理想欠清新耳；至于新名词，则毫无不合。我以为中国旧书上的名词，决非二十世纪时代所够用；如其从根本上解决，我则谓中国文字止有送进博物馆的价值。

连梁启超都不太及格，那中国的文字与文章，则非有大的变革不可了。章太炎的办法是向后转，走向复古之路，在晚清已取得学术上的胜利。不过这条路因为时间的跨度过大，难以与现实对话，自身的局限也显示出来。章门弟子大凡拥护新文化者，后来都以为那是一条险路，与大众的距离甚远，故没有谁再沿着此路而行。而面向民众，从大众的接受角度与思想普及的角度看，语言文字的通俗化，才是应当考虑的一种选择。胡适认为，白话文即口语文的一种，需为百姓所爱。而文字方面，拼音化之前，简化字的实行，才更为重要。在文章之道上，则一清如水的书写，才是应当提倡的。周作人、鲁迅、钱玄同、朱希祖等章门弟子，对此是颇为赞成的。

白话文之所以很快流行，与西方作品的翻译有关。在交流增多、西学渐进的过程中，汉语表达面临着许多的问题，美文不可译的问题随之出现。在对接西方的思想，较为准确传达西方文本的意思方面，汉语有局限是一个不争的事实。钱玄同与友人通信时就讨论过这类问题。在《关于西文译名问题》中，他写道："弟以为凡用中国字译西文人名地名，万难一一吻合。其故因字音之理，母音可单独成音，子音不能单独成音，必赖母音拼合，始能成音。中国文字之构造，系用六书之法，与西文用字母拼成者绝异。"他的办法是，"竟直写原文，不复译音"。而"译音务求简短易记"。从他的思考里可以看出，他们那代人希望以前所未有的方式解决翻译里的问题，是颇有道理的。在汉语里夹杂一些外文，既可保存原意，亦能激活句子，使段落之间有一种别样的意味。证之于日本诸国的新语文，这早已不是新鲜之事了。

伴随着文学改良运动，世界语的话题在学界蔓延。蔡元培、鲁迅、周作人、钱玄同都提倡世界语。连吴稚晖、刘师培、章太炎也加入了问题的讨论。早在一九〇八年，吴稚晖在《新世纪》第四十四号上发表《新语问题之杂谈》即提出"弃中国野蛮之文字，改习万国新语之较优良文字"。这是主张汉字改革的思想的延续，也是走拼音化道路的探索。为什么如此，钱玄同的文章也提供了一个答案。他在《论世界语与文学》说：

> 日前孑民先生语我，谓用世界语译撰之书，以戏曲小说之类为最多，科学书次之。是世界语非不能应用于文学也。世人说到"文学"一名词，即存心以为必须堆砌种种

> 陈套语、表象词，删去几个虚字，倒装宾主名动，效法“改‘龙门’为‘虬户’，易‘东西’为‘甲辛’”之故智，写许多费解之怪事，以眩惑愚众，学选体者滥填无谓之古典，宗桐城者频作摇曳之丑态。

世界语的理念背后，是世界主义的思潮。相信未来世界是大同的，不再被民族的封闭语系所囿，打破表达的界限，那就多了几分梦幻之意。世界语是人造的语言，它与自然语有很大的不同，就交流的便捷而言，是很有价值的创造，但因为没有历史文化的背景，信息量相当单薄。就审美的精神传达而言，自然语的功能是无法代替的。五四那代人是创造欲强烈的一代，他们觉得人造的语言必将给世界的交流带来曙光。但他们没有意识到，语言其实也是一种文化的记忆，倘使缺失了千百年的记忆，诗意的与哲思的东西都会有所减轻。文明是绵延性地发展的，其问题不是断崖式的决裂可以解决的。在后来的文化进程里，事实已经证明了这一点。

主张世界语的普及，在思路上受到了欧洲和日本人的影响是显而易见的，这与文学的国际性越来越鲜明颇有关系。日本学者小坂狷二在《世界语反对文学》中阐述了世界语必然流行的道理，认为人类语言经历了方言时代、民族文语时代、民族文语与国际补助语时代、世界共同语时代。他以日本语内在的问题为例，阐述了世界语必然形成的道理。中国的文人与学者与日本人的感觉，在这一点上是有共振的，说五四学人是在世界思潮里反省自己的母语也并非不对。

在开放的语境里建立新的精神表达方式，改造文章与词语书写就有了可能，也催生了新的文化意识。比如钱玄同不仅在思想层面讨论西化的可能，于书写的形式上亦多有用心。他自己是书法家，却不滞于旧习，而有一种变革的冲动。我们看那篇《〈新青年〉改用左行横式的提议》："我所看见的，第一个改用横式的是美国留学生所办的《科学》。后来教育部出版的《现象丛报》，也是用横式。这两种杂志，都是讲科学的，常有算式表谱嵌在文章中间，用横式便利，自不消说得。至于别种杂志书籍，既不纯粹讲科学，或完全和科学不相干的（小说诗歌之类），也是用横式比用直式来得便利。因为以后的中国文章中间，要嵌进外国字的地方很多。"文章的表达方式都不过分，所思所想，未尝没有道理。后来中国报刊的"左行横式"被采用并流行于今，他的建议可能发挥了作用。

钱玄同在自己的判断里，作了大胆的预言，未来的中国文学，应以世界语为之。这个简便、可用的新式表达，当在未来成为一种可能。他在《答陶履恭论 Esperanto》中谈及自己的依据："进化之文字，必有赖乎人为，而世界语言，必当渐渐统一；因玄同对于文字之观念，以为与度量衡、纪年、货币等相同，符号愈统一，则愈可少劳脑筋也。"钱玄同的表述中流露出的是乐观之思，简单化的一面也显现于其间。但他的更为激进的说法还在后头。在《中国今后的文字问题》里他干脆说：

> 欲废孔学，不可不先废汉文；欲驱除一般人之幼稚的野蛮的顽固的思想，尤不可不先废除汉文。

他又说：

> 中国文字论其字形，则非拼音而为象形文字之末流，不便于识，不便于写；论其字义，则意义含糊，文法极不精密；论其在今日学问上之应用，则新理新事新物之名词，一无所有；论其过去之历史，则千分之九百九十九为记载孔门学说及道教妖言之记号。此种文字，断断不能适用于二十世纪之新时代。

不难看出，他的表述是有内在逻辑的。大凡懂得一点拼音文字的人，都可以看到汉字与汉语的缺点。现代学者已经意识到，在翻译英文的时候，因为古语不能对应，遂造出新词，而中文的单位是字，"英文没有对等于字的文字符号"（周有光《语文闲谈》）。从这个层面可以看出汉语的一些问题。五四那代人意识到这个问题可能影响国人的精神表达，而中国文化的落伍大概与这种载体的落后有关。

应当说，这给钱玄同等人一个错觉，那就是汉字是一种与现代性不可兼容的存在，它在逻辑的绵密与传达的精细方面可能存在先天的弊病。胡适、蔡元培也多少抱有类似的看法，他们对于拼音方案的态度和对西化的态度，多少说明了彼此的心灵相通。其实汉字有技术功能，也有承载功能。人造语可以解决技术功能，但无法具有自然语那样的承载功能。钱玄同大概更多是从技术的层面讨论问题，对于承载的功能思之甚少。在翻译实践不多、白话文不得发展，文言文一统天下的时候，他的判断显得急躁和脱离语言实际。五四新文人在那时候的精神困顿和他们在试图突围的过程中积累的经验，都给我们的后人留下广阔的思索空间。

新文化运动一个重要点，是开启民智。但因为教育普及困难，文字变成了人们审视的对象。不仅国内的学者如此，外国的思想者到中国来，也发出汉字亟须改革的感叹。俄国盲人诗人爱罗先珂说："因为中国有这种文字障碍，你们知识分子，不但与欧美的文化相隔绝，并且与你们自己的人民相隔绝。这种障碍，比古代的万里长城更坚固，比专制君主的野蛮性还要危险。”美国的杜威来华，也感叹汉字的难认：“中国无论如何倾向进步，其文字殊足为前途的大障碍。”这两种声音的汇合，在民国知识界造成很大的影响。许多作家、学者加入对汉字与中国语文改革进行思考的行列，争论也在此间出现。黎锦熙与聂绀弩的看法不同，郑振铎和魏建功有别。在讨论语言、文字、文章的时候，聂绀弩认为，当下的情况是话跟话分家，话跟文章分家，话跟文字分家。他的结论是：

> 不但我们现在的文章，还有浓厚的文言文的色彩，就是我们的语言，也驮着一副死文字的重担子，局促在文言文的影响之下，使人们养成一种轻视语言、重视文字的观念，无形中削弱了新的语言的创造的可能。这副担子，无疑地是由汉字这特殊形态所规定，它将和汉字相伴始终。如果不把汉字根本推翻，决不能把我们的语言从汉字的束缚之下解救出来的。

可以看出，从白话文的提倡，到文字改革的呼吁，有一个理路贯穿于其间，那就是寻找新的、适用的载体。人们对文言文的唾弃，可能是因为其内在的肌理决定了它缺少现代性的表达途径。文言的缺点，可以在白话文里克服，这还没有引起论者的注意；而汉字的简化，可能伤害语义表达的内在逻辑，也被漠视了。聂绀弩的思想，直接从钱玄同与鲁迅那里来，但一面也忽视了论述的逻辑严密性。他所佩服的鲁迅文章，难道不是用这古老的文字所书写的？人无法看清自己所属的时代文化选择的正误，后来的事实也已经证明这一点了。

五四前后的知识分子，在启蒙的激情中的诸种思考，都有历史的合理性。他们只是在思想的层面追问选择的可能在何处。不过，在与强大的旧势力抗衡的时候，主张汉字改革的人忽略了两点事实。一是民智的开发，要靠社会改良，通过结构的变革，可以使千百万人成为使用汉语的主力。二是白话文还在实践中，它有与文言不同的功能。钱玄同、聂绀弩所说的汉语的问题，都是文言中存在的问题。而后来的白话文实践证明，外来语可以融化在口语里，其内在的弹性是文言所没有的。

二十世纪二三十年代关于语言与文学问题的争论，显示了一代人的表达焦虑。除了世界语的提出，对民间语言资源的调查、借用也成为研究的问题。这种选择的价值走向就是由象牙塔走进民间，由古代语走向现代语语。他们在对文学的大众化的思考里，把文章与文字视为被动的存在，而没有看到人的思想可以激活古老的文字，给新文学注入新鲜血液。思想的鲜活，定可以带来语言的鲜活，这在鲁迅后来的实践里已被证明了。鲁迅在晚年延续了早期与钱玄同互动时的思想，比如对汉语不绵密的思考，对于表述的似是而非的警惕，都颇给人以启发。而他在翻译过程中创造出层出不穷的新奇句子，不仅文言文不能有此功效，恐世界语也难见佳绩吧。鲁迅在无意中已经以自己的实践回答了钱玄同的问题。

我们今天审视那些言论与思想，会感到他们是在一个特定的空间里进行对话的。这首要之点是，大众还没有受教育的途径，社会充满了不公。他们没有从社会改造层面寻找改变窘态的途径，而是从文字着手，以此为突破口，自然有进入歧路的危险。另外，他们意识到人的创造性可以使静态的文字更合乎人类理想的生活。鲁迅在《门外文谈》里讨论过字是谁造的、怎么来的，谈到写字就是画画，以及古代文与言的不一致的问题。注意，在这里，鲁迅是在文盲甚多的时空中来讨论问题的，在这样的语境里，他的所思所想，也并不过激，还有着许多道理。

从思想性上讲，鲁迅认为古书里有许多毒害人的因素，读了未必让人聪明。大众在没有受到古文污染的时候，以新的文字表达自己的思想，可以保留他们的纯真之气。鲁迅说：

> 大众并无旧文学修养，比起士大夫文学的细致来，或者会显得所谓“低落”的，但也未染旧文学的痼疾，所以它又刚健、清新。无名氏文学如《子夜歌》之流，会给旧

文学一种新力量，我先前已经说过了；现在也有人绍介了许多民歌和故事。还有戏剧，例如《朝花夕拾》所引《目连救母》里的无常鬼的自传，说是因为同情一个鬼魂，暂放还阳半日，不料被阎罗责罚，从此不再宽纵了——

“哪怕你铜墙铁壁！

哪怕你皇亲国戚！……”

何等有人情，又何等知过，何等守法，又何等果决，我们的文学家做得出来么？

鲁迅看到了旧文人的问题，联系到古老的文言文与汉字。这里的情况复杂，从道理方面看，人是活的，文字是死的，活的人一定比死的文字更有创造力，故旧文字与旧文章一定会被新文字、新文章所代替。不过，文字有自己的内在规定性，这个规定也非死的存在。上面所引的《目连救母》的唱词，不也是用旧文字书写的么？我们一方面要看到生活的不断流动带来新的创造性的契机，另一方面也要意识到文字系统与语言系统的超稳定性。在几千年的发展过程中，语言文字是有相当的弹性的存在，这在今天已经可以清晰看到了。

其实我们细细分析可以发现，鲁迅是把汉语的功能和潜力发挥到极致的人。他对此不置一词，似乎看轻了自己的智慧。

他所言者，乃汉字的局限，或者说，是文言的局限。唯其看到了局限，才有了创造的冲动。因为在写作过程中，他摄取了日语的元素，也从德文中受到启发，又能以口语、方言为文，于是汉语的内在力量彰显出来，给人以奇绝之美。而他的手迹，乃民国书法的精品，其间有六朝的峻急，亦多宋元以来的疏朗、小巧，古风之中泛出诗意的涟漪，都非一般人可以比肩。他恰恰是看到旧的书写方法的有限性，才能不随众俗，在方寸间出奇气。我们在这里读出了那代人的苦心。在面对汉字与汉语的时候，他们不是匍匐在其间，而是呈现出超越的姿态。在超越而又无法超越之间，他们的审美维度得以打开，汉语的魅力，也在其间有了自己的展示途径。

现代汉语与简化字的出现，是中国人语言自觉的一个标志。在多种语言的交汇中，我们才会关注到一个民族的文字、语言、文章之道如何。日本、韩国、越南、蒙古都有若干实践值得我们深思。他们摆脱汉字的过程，留下了许多难题，对于古老的中国而言，这些难题依然存在。不过，在差异里看到共性，也丰富了我们对母语的认识。语言学家周有光在对比东西方的文字时说：

中国有“六书说”（象形、指事、会意、假借、形声、转注），西方有“三书说”（意符、音符、定符），“六书说”着眼于文字的来源，“三书说”着眼于文字的功能。

周有光发现，二者是有对应关系的：

“意符”相当于象形字、会意字、独立的指事字。“音符”相当于假借字、形声字的声旁。“定符”相当于指事字中的点画符号、形声字的部首、汉字中的区别记号。

这是一个文字学的问题，我们看学界的讨论，可以意识到五四那代人思想的价值。几千年来，从来没有谁敢去怀疑自己母语的正当性，而五四那代人看到了国人表达出现了问题。对于新的思想与文化，文言文失去应对的能力。寻找一种新式的表达途径与载体，对于他们而言是一个不能回避的使命。后人对汉语的认识，恰是从那个逻辑里发展过来的。自然，其间也有修正，有颠覆，但他们推动了对于汉语言文字及文章学的认识是无疑的。

鲁迅之后的中国文坛，敢于在词语上借鉴域外符号的人寥寥无几。就他所熟悉的日语、德语而言，词汇是受到外来语冲击的。他对比中外语言的发展史，看到了词语与文字变迁的可能。他自己想写一部《中国字体变迁史》，因为忙碌而未能如愿。从字体来看汉字的形态与表达的扩张，有很深的题旨可谈。他在夏目漱石、果戈理的写作实践里，看到了改变旧的书写方式的可能性。在翻译中，他不断借用西洋的词汇与句子结构，其实就是改变旧的书写方式的努力。不过，鲁迅在艺术层面考虑汉语的书写时，与胡适的现代白话文的理念有别，也和后来语文的现代化途径不同。按照周有光的观点，语文现代化的内容包括四个部分：一、语言的共同化；二、文体的口语化；三、汉字的简便化；四、表音的字母化。鲁迅的实践有的与此吻合，有的显得不够平易晓畅。对于他来说，汉语还有一个智性的问题，如果只是在平淡里处理思想与知识，难以进入形而上的层面，这是个矛盾。鲁迅一方面强调大众化，一方面又在翻译中反大众化，进入汉语表达的两难处境。反大众是因为从表达深度的层面考虑问题，大众化是为了使中国文字能够承担启蒙的任务。在表达上，他与胡适、钱玄同差异的根本点，就是既要照顾百姓的接受，又要在智性上保留高度。变革的时代要两全其美，其实非简单的办法可以为之。

从一个民族的发展史看，语言文字是不断变化的系统，但也有其内在的规定性。鲁迅、钱玄同那代人思考汉字与汉语的表现力，是从变化的需要提出来的。因为是探索性的讨论与实践，成就与偏差都有，一些基本的观点成为后来的学界不能不面对的话题。母语的变化与发展，是靠历史的积淀方能实现的。鲁迅后来翻译的实践，留下很多遗产值得重视。他的实践多于口号，因为知道躬行的重要。表面看来，他们的问题意识在今天被整体的文化理念所否定，但在未来的发展中，未必没有自身的价值。敢于向母语挑战的人，可能是最能丰富母语的思想者。我们看看五四以来的文章与艺术，可知那些伟大的存在，多是有创新能力的人们完成的。他们可能一时的表达存有盲点，甚或错误，但也是因为越轨的意识存在，才使母语有了无限的生机。经历了新文化的洗礼，我们对自己的文化遗产的珍贵性，定然会有着与前人不同的认识。

旧诗词的余晖

一

晚清的文坛上，诗人队伍庞杂，京城士大夫与上海文人走的是不同的路径，京海之间的精神生态动荡不已，以至诗文之风发生新变。活跃在诗坛的乃同光时代以来的诗人，有陈三立（一八五三—一九三七）、沈曾植（一八五〇——九二二）、郑孝胥（一八六〇——九三八）、李慈铭（一八三〇—一八九四）、缪荃孙（一八四四——九一九）、林纾（一八五二——九二四）等，都有佳作行世。他们在动荡时代，茫然中不乏自信，亦多对旧文明的坚守，其学识与诗文都颇可一观。这些旧派诗人与文坛有广泛的交往，彼此唱和间留下许多诗文。他们在暮气沉沉的国度，偶然闪现自己的灵光，以诗文的美质，召唤逝去的岁月，成了被时代所关注的人物。

这里不能不谈的是陈三立，他是那时最有分量的诗人之一。郑孝胥说他诗句“恣肆自得处非时贤所及”。与其往来的诗人很多，亦留下诸多佳作，系古国诗文的最后的余光。清代的晚景，文化的萧条自不必说，而各类思想竞逐于文化场域，文人们在动荡里寻求精神的慰藉，创作上亦不乏华彩。陈三立的诗歌情调惆怅，视界开阔，有忧世、忧身之苦。他咏物、悼亡、读史的文字，雄浑之气中也含着无量的愁思，深染古风，起承转合间有深情厚意。作者吟咏个人生命与家庭境遇的诗句，毫无造作，其味已是现代人的。他的悼亡诗一唱三叹，赠友之作温情旷远，独坐静思之作尤好，如《夜坐一首》：

黄昏无所念，有念更谁同。
帘卷星辰人，灯回涕笑空。
鬼神窥黠鼠，运会养吟虫。
深坐沉寒漏，颓然一榻中。

这种“内觉”丰富之语，在民国后青年诗人的作品里，偶可见到，然而那多系受西洋浪漫诗歌影响的结果，而陈三立却在古老的话语体系中自然表达，且不留痕迹，殊为难得。一九一五年，诗人有《南浔铁道初成由九江附车至南昌口占》：

十载摩挲缩地方，金银翠楯列成行。
溪山处处逢白头，一转车轮一断肠。

诗歌苍润淋漓，是深悟历史玄机的咏叹。他的感觉鲜活，出语非模仿他人，句从己出，又能化古人之句为己句，推陈出新的特点是鲜明的。在与友人交游之中，其品格也被人称颂，境界为寻常之人所无。他的诗歌在同光时期独步文坛，许多同代人对其诗歌赞许有加。诗人审美观较为复杂，才气感染了许多新旧文人。王国维、赵元任对其都有好感。陈三立欣赏“赡逸之才、骏迈之气”的诗人，诗歌“跌宕昭彰”方可感人。他在《沧趣楼诗集序》中赞美陈文忠“低回讽诵，犹可冥接遐契于孤悬天壤之一人也”。在晚清文坛，他以自己的不俗眼光与创作，赋予古老诗体以新的美感。

陈三立、沈曾植、郑孝胥、陈衍的精神状态，和后来的革命党人不同，他们精神深处延续的是士大夫的某些遗绪。他们在遭受国难之后，精神受挫屡屡，诗文不时流露遗民之调。此间另一位作家林纾，表现出特别的意味。他是晚清最有古文功底的作家之一，译介的外国文学作品很多，用的是古雅的文言，对唐宋以来文学的妙意把握很深。他文章、小说都颇为漂亮，诗歌也非无病呻吟的那一类。一九一二年林纾在《过行宫》中写道：

湖西寂寞古行宫，郊外宫墙一带红。

今日凉棚高百尺，兴亡不涉卖炭翁。

这分明是无奈的咏叹，对国民与士大夫的“内觉”都有精妙的点缀。林纾是桐城派的作家，虽译介了诸多西洋小说，亦涉猎过洋人的诗歌，但审美还是故国式的，遗老的感伤难以自禁。与林纾同样有些名气的沈曾植，是颇有遗老气的人物。他活跃于京海之间，文章与诗文都有特色。一九一四年初，沈曾植作《宣统六年甲寅元旦试笔》，乃遗老手笔：

最高楼上迓春来，暾出东方喜目开。
水溢金源通醃霭，天垂宝字象昭回。
岁从更始青阳纪，龙集焉逢赤伏推。
白发孤臣沧海泪，春秋三策在浯台。

沈曾植心怀旧朝，内心不免多沧桑之感。他在民国初年所作诗文，大有不合时宜之调，在遗老文人群落里是颇有些名气的。与他同样有一定影响力的，还有郑孝胥，此人在晚清诗人、学者圈内较为活跃，来往于陈三立、沈曾植等友人之间。精神也深染旧朝之风。一九二二年作《壬戌九日》：

十年几见海扬尘，犹是登高北望人。
霜菊有情全性命，夜楼何地数星辰。
晚途莫问功名意，往事惟余梦寐亲。
枉被人称郑重九，史豪谊语压悲辛。

他的吟唱，都有所指，作品题材和陈三立、沈曾植等人有交叉的地方。因为与时代不和，他的精神在旧地停留，看人看事视角不一，趣味就和新的时代相左。遗老中旧体诗词写得颇见奇气的，还有王国维。他通西学，懂历史，对古文献颇多新解，加之研究过宋元戏曲，又深染考古之趣，文章之道与诗词之道都别具一格。

晚清的时局变化，导致士人审美与道德水准的下滑，王国维意识到江河日下，不胜悲悼之情。他在一九一二年为日本学者狩野直喜写的饯行诗中云：

谭深相与话兴衰，回首神州剧可哀。
汉土由来贵忠节，至今文谢安在哉？

王国维的《人间词话》在民初颇有名气，审美的取向不同于以往，在哲思上多了前人所没有的精妙。而他的诗词，亦神异得让人流连，深得宋人玄心，又有明代文人之凄婉，加之己身的体验，遂生出无名的空寂之思。《百字令·题孙隘庵〈南窗寄傲图〉》就很能代表其风格：

楚灵均后，数柴桑第一，伤心人物。招屈亭前千古水，流向浔阳百折。夷叔西陵，山阳下国，此恨那堪说？寂寥千载，有人同此伊郁。

堪叹招隐图成，赤明龙汉，小劫须臾阅。试与披图寻甲子，尚记义熙年月。归鸟心期，孤云身世，容易成华发。乔松无恙，素心还问霜杰。

王国维本人乃感伤诗人，而治学时又能节制情感，其《观堂集林》文字古朴老到，深得现代科学严明精神，完全是另一笔法。而《红楼梦》研究中体现出的哲学造诣与感悟力之强，又非常人可及。其诗文在学界之影响力，至今不绝。

易代之际，文人大不幸。上述诸人，在世事沧桑之际表达的意愿，乃文学垂暮的表征之一种，晚钟传来，精神是苍凉的。我们过去对这类人的文字，多有不屑，以为是老朽之吟，不足深谈。其实细细分析，遗老们在政治上是失败的，诗学里却有精神的隐曲维度，拓展了表达的空间。这些带有旧朝痕迹的人，诗歌内蕴较之过去略有变化，但因为民国诞生，政治话语在文坛久久占据统治地位，其影响力不及新派人物的诗歌，这一度遮掩了他们的价值。待到鲁迅、陈独秀、胡适那代人出场，无论从哪个层面说，都已跨越前人了。我们于这种更迭起伏里，倒是可以看出文化演进的逻辑呢。

二

遗老的作品，以精神内敛者居多，在北京与上海，有多个遗老群落，在一起聚会唱和，这是一个时代的特别现象。但他们的影响力日稀，远不及那些革命派文人的作品有社会冲击力。民国前后，以旧体诗引人注意者，多为革命阵营中的人物。孙中山、黄兴、邹容、章太炎、秋瑾、汪精卫等人的诗文，在社会广为流传。在发生巨大变革的时代，古老的诗歌以情传理，以理诉情，为社会所瞩目。

那是阳刚之气弥天的一代，革命党人的作品豪气冲天，为天下所爱者甚多。黄兴（一八七四——一九一六）是政治家，有奇诗行世，慷慨悲壮之气，为人所叹。如《咏鹰》：

独立雄无敌，长空万里风。
可怜此豪杰，岂肯困樊笼。
一去渡沧海，高扬摩碧穹。
秋深霜气肃，木落万山空。

他的作品感情外露，不隐曲晦涩，颇多佳趣。与他经历相近的宋教仁（一八八二——一九一三）在当时也有作品问世，所写亦与革命相关。一九〇七年所作《思家》，乃流亡日本时的感想，从中可以看出革命家的气度：

去国已三载，思家又一秋。
亲忧知白发，闺怨定蓬头。
禹域腥膻满，天涯道路悠。
有家归未得，期待灭仇雠。

与其同有盛名的还有汪兆铭（一八八三——一九四四），投敌前不仅在政界曾获得名声，诗作亦被人传诵。《双照楼诗词稿》中的许多革命诗句，在民众中口碑很好。一九一〇年《被逮口占》：

慷慨歌燕市，从容作楚囚。
引刀成一块，不负少年头。

留得新魂在，残躯付劫灰。
青磷光不灭，夜夜照燕台。

作者反映辛亥革命的诗歌颇为动人。《黄花岗七十二烈士墓下作》：

飞鸟茫茫岁月徂，沸空铙吹杂悲吁。
九原面目真如见，百劫山河总不殊。
树木十年萌蘖少，断蓬万里往来疏。

读碑堕泪人间事，新鬼为邻影未孤。

汪氏作品格局很大，非一般咏物寄情之作，思绪徘徊在社会与家国之间。不经意间，有忧戚之思暗袭，撩人心扉。一九一四年《欧战既起，避兵法国东北之阆乡，时已秋深，益以乱离，景物萧瑟，出门偶得长句》：

修竹三竿小阁前，平台一角屋西偏。
园荒知为耰锄弃，地僻应无烽火传。
宿雾初阳凉似月，回风斜雨荡如烟。
秋来未便悲摇落，却为黄华一怅然。

抗战以前，汪精卫的诗歌影响很大，他的才华和意境，都为同代人所不及。他的社会理想和家国意识，在他的愁肠中缭绕不已，而现实中的社会冲突给他带来的是另类冲击。其诗文与悲剧人格之间形成了巨大的张力。

革命党人中有诗词天赋的人很多，于右任、胡汉民、吴敬恒、蔡元培等都有诗文行世，他们在民国前后的文字，对世风和文风的影响，都是持久的，其价值今日犹存。

上述几个诗人，几乎都与南社的存在有关。南社是以上海为主要活动中心的一个松散的诗歌团体，成立于一九〇九年。

这个诗人团体在近代社会的影响较大，许多文人是他们的重要成员，柳亚子、高旭、陈去病、林庚白、苏曼殊、于右任、周实、包天笑、胡先骕、吕碧城、宁太一等，都以诗文闻名于世。使旧体诗歌创作进入更为广阔的天地。以南社为核心的知识群落的写作，关心政治，带有社会关怀，使旧诗文从象牙塔走出，有了浓烈的现实感，旧诗词在变革的时代起到了不小的作用。柳亚子、高旭等人的作品，在骨格与肌理方面均有亮点，其功不可小视。这些人的词章延续了黄遵宪等人的传统，又有新调于其间，乃人间奇思，社会精英与有良知者的思想闪耀诗中，一时被人所记。

南社的主张和诗文追求，有一种民族主义和复古的倾向，柳亚子《胡寄尘诗序》说："余与同人倡南社，思振唐音，以斥伧楚，而重布衣之诗，以为不事王侯，以尚其志。"

柳亚子自己的创作，就颇有现实情怀。他的作品才气流溢，学识闪烁其间。诗句在典故与现实间流转，多苍冷、悲慨之美。率性自如的诗句，让人心魂俱动。其诗呼应革命，有章太炎所云"强健"之力。他的许多诗句有斗士拔剑起舞的潇洒，对刺客精神礼赞不已，要唤起国人的勇敢与刚强心。《自题磨剑室诗词后》：

剑态箫心不可羁，已教终古负初期。
能为顽石方除恨，便作词人亦大痴。
但觉高歌动神鬼，不妨人世任妍媸。
只惭洛下书生咏，泪洒新亭又一时。

在《题钱剑秋秋灯剑影图》中，作者咏叹道：

天荒地老感平生，万劫难销迟暮情。
我亦十年磨剑者，风尘何处访荆卿？

柳亚子的作品留存有辛亥以来的记忆，常常在历史的回音和现实的对话里发现玄奥，且以精妙的词语表达对世界的理解。唐宋文人的旷达浑厚之气回旋在文字内外，把旧体诗从迂腐文人那里拯救出来。南社的许多诗人，在价值观和审美取向上表现出相似性。陈去病的诗句带着鲜活的颜色，言之有物而韵致悠长。高旭的诗文雅而不失气度，情采中有跳跃的爱意，浩然之气回环不已。南社的诗人多有学问，他们以信念入诗，笔下有爽朗、遒劲之风袭来，一扫晚清愚钝文人的萎靡之气，给文坛带来新色，较之于市民文学里庸常的趣味，多少还带着精英文人的特点。比如谢无量的文字就厚重真切，诗句有令人回味无穷之美。诗情没有被学识淹没，反而在曲折的表达里，流露出不凡的意绪。而黄侃的诗句，则在狂放之外有柔软的一面，足见其情思的浩大。民国文人的虎虎生气，以及不竭的创造力，是朗然于词语之间的。

就审美而言，南社的存在既延续了古人以诗布道之风，把唐人的抒情风格继承下来，又开启了诗歌的新风，使用了新的意象。因为诗人们阅历不俗，多有出洋经历，文字便超越了旧文人的藩篱，有了向外瞭望的冲动。汪洋（一八七九—一九二一）路过贝加尔湖时的咏叹，蒋士超（？—一九二九）《读美国独立史有感》、任鸿隽（一八八六—一九六一）在康奈尔大学对湖水的沉思，蔡寅（一八七三—一九三四）东瀛的浅吟，都有以往士大夫诗文所少有的意象，贯注了诸多新观念。南社一些诗人也是翻译家，汉语的面目便因之而变，有了另类思维的投射，感觉亦被域外的诗意所染，气韵是新奇的。苏曼殊的作品不仅洋溢着佛音，也渗透着英法近代诗歌的妙意，不自觉中有了异国之想。他的《东居杂诗》《题拜轮集》《题师梨集》缠绵怅惘，令人读之渐生幽思。《题拜轮集》云：

西班牙雪鸿女诗人过存病榻，亲持玉照一幅、《拜轮遗集》一卷、曼陀罗花共含羞草一束见贻，且殷殷勖以归计。嗟夫，予早岁披鬀，学道无成，思维身世，有难言之恫！

爰扶病书二十八字于《拜轮》卷首，此意惟雪鸿大家心知之耳！

秋风海上已黄昏，独向遗编吊拜轮。
词客飘蓬君与我，可能异域为招魂。

苏曼殊当年所译拜伦诗，吸引读者甚众。鲁迅后来回忆此事，念念不忘。苏曼殊的特点是，思想有忧患的一面，而根底是个人主义，加之遁世的情思，遂与南社其他革命者颇有别了。

南社诗人与郑孝胥、陈三立、沈曾植、陈衍这些同光诗人群体有着许多不同的地方，多了新的思想与新的审美取向。胡迎建《同光体诗派研究》言及南社的时候，讨论到柳亚子对唐代诗风的推崇，是为了力压同光体的宗宋主张，乃政治观念不同之故（胡迎建《同光体诗派研究》）。大致说来，南社宗唐而取得的创作成就，在那时候没有超出以同光体为代表的宋诗派。胡适在致陈独秀的信中，说过一段对南社不恭的话，从中可以看出新文学界的一种态度："南社诸人，夸而无实，滥而不精，浮夸淫琐，几无足称者。"（《新青年》一九一六年十月号）这个看法，被许多人反对，以为偏激。不过从另一个角度看，旧体诗词的流派中，守旧的与革新的比，革新者更为不易。南社要走出同光体的阴影，到别的路上去，可是真的要在审美上自成一格，却非想象的那么容易。

三

民国旧诗流行的另一种主要形式是小圈子里的唱和。这一风气在文人圈子里广为流行，不仅遗老遗少如此，新文人的交流也不能免俗。学院派如此，作家圈也如此，且在文坛留下了许多佳话。《吴宓日记》就记载了许多关于唱和的逸事。他与陈寅恪、朱自清、马一浮、缪钺等人的对答、交流，都有特点。吴宓留学美国哈佛大学，审美趣味却很古典，大约受到白璧德的影响，诗文都很规矩，缺少独创之气。一九二五年《吴宓诗集》自序：

> 窃尝谓人之一生，总当作成诗集一册、小说一部。一以存其主观之情感，一以记其客观之阅历。诗所存者，外境对吾心之印象。小说所记者，个人在社会之位置。诗由内而主于精，小说由外而主于博。故若谓小说为提炼之人生，则诗乃提炼之人生又经提炼者耳。予作诗之动机，为发泄一时之感情，留存生涯之历史。予编订诗稿之目的，则为专供一己之展读，重溯昔来之旧梦。于风晨雨夕，青灯书案，困顿之时，抑郁之际，取此一册，独自沉吟涵咏。

他的许多诗，都是老实文人的自娱，《自况》：“浮生碌碌惯，入世茫茫愁。处事仍迂拙，问心集悔尤。忧天怀杞士，喘月笑吴牛。长养惟书卷，寒梅相伴幽。”而《牛津大学风景总序》这样的作品，都是旧调子：“牛津极静美，尘世一乐园。山辉水明秀，天青云霞轩。万里集群校，嶙峋玉笋繁。悠悠植尖塔，赫赫并堞垣。桥屋成环洞，深院掩重门。石壁千年古，剥落黑且浑。真有辟雍意，如见泮池存。半载匆匆住，终生系梦魂。”和他对话的陈寅恪、马一浮的诗才都好于他。吴宓手稿里有许多友人的诗作，看得出那时学人间的友情与唱和风气。这些诗句不都是远离生活的自吟自唱，也有感时忧世之作。从陈寅恪给吴宓的诗，看得出其与当时学界之关系，其才华历历在目。一九三九年，正是抗战时期，其《壬午五月五日发香港七月五日至桂林》：

不生不死欲如何，二月昏昏醉梦过。
残剩河山行旅倦，乱离骨肉病愁多。
江东旧义饥难救，浯上新文石待磨。
万里乾坤空莽荡，百年身世任蹉跎。

可见其心绪的沉重。陈寅恪与吴宓来往诗作谈政治者很多，一九四四年十月陈氏写给吴宓，题为“闻道”的诗：

闻道飞车十万程，蓬莱恩怨未分明。
玉颜自古关兴废，金钿何曾足重轻。
白日黄鸡迟暮感，青天碧海别离情。
长安不见佳期远，惆怅陈鸿说华清。

吴宓说此诗乃为宋美龄二度飞美国事而作。吴宓自己的《和寅恪闻道原韵》道：

云路迢遥是昔程，重来形势判幽明。
星驰俊彩全球仰，日落余光片羽轻。
怨敌狰狞同快意，家门宠贵自伤情。
玉环虽死君恩在，补恨犹能到上清。

读书人对时局之关切，不亚于写实派的作家。其日记中所录陈寅恪《玄菟》也是忧患之作：

前朝玄菟阵云深，兴废无端梦可寻。
秦月至今长夜照，汉关从此又秋阴。
当年旧事当年恨，一寸残山一寸金。
留得宣和头白老，锦江衰鬓独哀吟。

此诗作于一九四五年，《雅尔塔协定》签定之际。吴宓注释说：“此诗及前后相关数诗，皆咏其事而深伤之也。”

陈寅恪学问好，旧诗亦佳，其诗文有晚唐的味道，清丽与悲慨相济，愁思和幽怨共存。他与友人的唱和，才情与爱意均在，是学界继王国维后旧诗词功底不凡之人。他从现实看到历史，又从历史窥见现实，乃一代大儒。他们之间的交往与唱和，延续了晚清文人关注社会的情怀。陈寅恪身边的友人，多有才气，俞平伯、梁启超、赵元任都有好诗流传。与其有较密切关系的吴宓、浦江清诸人的文字，相映成趣，成一时美谈。

四

有几位女诗人的作品尤为引人，在文坛是不可小视的存在。秋瑾（一八七五—一九〇七）、吕碧城（一八八三—一九四三）、沈祖棻（一九〇九—一九七七）、丁宁（一九〇二—一九八〇），其境甚佳，词语丰詹，哀怨凄迷而不失爱意。

文人的孤苦之作，在民国里很多。一些颇有才气的诗人在作品里表现出特别的风采。秋瑾系晚清的女杰，她的作品开创了女子文学的新境地，乃一代人之奇音。从她一九〇四年所作《鹧鸪天》可以看出她的胸襟抱负：

祖国沉沦感不禁，闲来海外觅知音。

金瓯已缺总须补，为国牺牲敢惜身？

嗟险阻，叹飘零，关山万里作雄行。
休言女子非英物，夜夜龙泉壁上鸣。

秋瑾在现代的影响一直很大。她的诗文无闺阁气，乃精神放达之作。其友吕碧城也是女中豪杰，一生经历很是传奇，写下许多奇作。吕碧城来往于报界与文坛之间，才华被读者所认可。她的许多诗文都有力度，为民国少见的才女。她在《感事》中写道：

谁更临风忏落花，枝头新绿自交加。
春回大野销兵戟，雨润芳塍足苎麻。
几辈阆风闲绁马，千秋香水独怀沙。
软红尘外天沉醉，愿祝余辉驻晚霞。

作品看不到柔弱之气，见识与胆识均在，有爽朗之风。我们看她的《次韵和南湖二律》之一，便觉另一番气象：

笛声吹破古今愁，人散残阳下庾楼。
强笑每因杯在手，俊游恰见月当头。
谈空色相禅初证，思入风云笔自遒。
沧海成尘等闲事，看花载酒且勾留。

与吕碧城不同，沈祖棻是另一类的女作家。她的诗词委婉里有沉郁的气息，许多作品有很深的思想隐喻与审美价值，以《涉江词》为代表作。

一萼红·乱笳鸣

甲申八月，倭寇陷衡阳，守土将士誓以身殉，有来生再见之语。南服英灵，锦城丝管，怆快相对，不可为怀，因赋此阕，亦长歌当哭意也。

乱笳鸣，叹衡阳去雁，惊认晚烽明。伊洛愁新，潇湘泪满，孤戍还失严城。忍凝想，残旗折戟，践巷陌，胡骑自纵横！浴血雄心，断肠芳字，相见来生。　　谁言锦官欢事，遍灯街酒市，翠盖朱缨。银幕清歌，红氍艳舞，浑似当日承平。几曾念，平芜尽处，夕阳外，犹有楚山青！欲待悲吟国殇，古调难赓。

减字木兰花·闻巴黎光复

花都梦歇，枝上年年鹃泣血。还我山河，故国重闻《马赛歌》。　　秦淮旧月，七载空城流水咽。何日东归，父老中原望羽旗。

对沈祖棻，汪东、吴梅都有很高的评价。程千帆为《沈祖棻诗集》作注时说：“世人服其工妙，或遂戏称为沈斜阳，盖前世王同花、崔黄叶之比也。”李剑亮《民国词的多元解读》一文认为，沈祖棻“以词纪事”“比兴和隐喻”的创作方法，颇多可取之处。

与沈祖棻比，丁宁的诗作别有意味，她被誉为优雅的词人。她早岁生活不幸，后在南京图书馆从事古籍管理工作，所写作品收入《还轩词》。其中卷一《昙影集》、卷二《丁宁集》均作于民国年间。作品幽婉流盼，轻妙惆怅，大有哀凉之味，但有时又冲淡自然，显得极为老到。如《江城子》：

> 熟梅天气晚风柔，怕登楼，强登楼。记得清宵，记得月如钩。记得荼蘼香雪里，招燕子，话春秋。　闷来窗下理箜篌，夜悠悠，恨悠悠。宛宛音尘，断肠几时休。梦醒天涯啼杜宇，花自落，水空流。

另有《鹊踏枝》八首，其首云：

> 断雁零鸿凝望久，待得来时，消息仍如旧。常日闲愁浓似酒，吟魂悄共梅花瘦。　心事正如堤上柳，剪尽还生，新恨年年有。独倚危阑风满袖，朦胧淡月黄昏后。

张中行谈及丁宁的词时，说她大有南宋气味，与古人不隔：“有清一代，除极少数人，如纳兰成德以外，几乎都是浙派的路子，拿起笔就掉书袋，剪红刻翠。丁宁词没有走这条路，譬如与王鹏运、郑文焯等相比，像是出语平易，其实正是她的值得赞许之处。”

女子赋诗，泼墨为文，在民国不是新奇之事，这与教育的普及颇有关系。尹奇岭《民国南京旧体诗人雅集与结社研究》介绍过女词人的活动，三十年代的中央大学，曾成立过以女性为主的梅社，就集聚了一批有修养的女青年。她们在唱和之间，每每有奇思，其中沈祖棻最为有名，于今已成为一个时代的记忆。

五

旧体诗词写作虽然已难挽日下的局面，但对于它的研究却颇有成就。二十世纪三十年代，龙榆生创办《词学季刊》，对于词的创作与研究，都有推动。但民国年间，懂西学的人，对于旧体诗词的体会可能更有深度。王国维的《人间词话》、谢无量的《诗学指南》、俞平伯的《读诗札记》、顾随《东坡词说》、钱锺书《谈艺录》都深味其内在规律，发前人未发之言，给学界以启迪，且对创作，不无帮助。民国旧体诗的研究与旧体诗词的写作，是相互推动而发展起来的。

《人间词话》虽出自遗老之手，但审美的闪光点至今引人注目。王国维对后来诗人写作的启示毋庸置疑。他的境界说，对优美与壮美的勾勒，“忧生忧世”的情怀，把古典诗话发展下来，又参以西洋的思想，所得自然异于前人的说教理论。王国维研究词曲，不以道学方式为之，有自己的深层考虑。人性的因素和纯粹的审美意识流露其间，完全是个人主义式的流盼，不带遗民的迂腐气。因为对词章之学很有心得，又能会心于前人机杼，自己的诗词亦意味不凡。对读《人间词话》与《人间词》当能看到他理论与实践间的联系。民国对于诗词研究的论著，王国维实可以说是第一人。

五四之后，白话文作家多好谈诗，关于旧体诗词的著述与文章多有，这和那代人知识结构的驳杂大有关系。顾随在《稼轩词说》的序言中说：“自吾始能言，先君子即于枕上口述唐人五言四句，令哦之以代儿歌。至七岁，从师读书已年余矣……吾年至十有五，所读渐多，始学为诗，一日于架上得词谱一册读之，亦始知有所谓词。”这大概是民国读书人普遍的现象。他们虽然以白话文写作，而每每不忘旧的遗存，有感而发，遂多变调。旧诗文的好处，是有精神的寄托在，学问与情怀均于此可得，不像白话诗那么简单。叶圣陶主编《中学生》杂志，所刊文章已有研究旧体诗的，价值取向不偏于白话文，可以说是古今打通的。俞平伯当年在《中学生》刊载谈古诗的文章，就不像胡适那样态度鲜明地站在今人立场而为之，对古人有理解的同情。他虽喜爱新诗，且亦多尝试，但对古诗的喜爱，不亚于晚清的旧式文人。俞平伯认为旧诗文有旧诗文的好处，白话文有白话文的特长，二者不可简单地加以对立。在《清真词释》的序言中说：

> 近来动笔用文言稍多，似有开倒车的嫌疑，不为时贤所喜。但我对于"言""文"并无歧视，各就其便罢了。何谓方便？倘深求之，知亦非偶然。解释诗（广义的诗包括词在内，下同）的文字实以浅显的文言或半文半白体为较好。

此种现象在留学归来的学者中颇多。钱锺书《谈艺录》开篇的小序就说："余雅喜谈艺，与并世才彦之有同好者，稍得上下其议论。"不过，钱锺书谈旧诗，其实也是借古人之音而唱心曲，未尝没有寄托在内。所以他又说："《谈艺录》一卷，虽赏析之作，而实忧患之书也。"钱锺书写古人诗词得失，多具慧眼，常出惊人之论，全无附会古人的陋习。而批评前人，亦如批评今人，皮里阳秋所在多有。作者分析古人的作品，常常将其与西洋诗歌联系起来比较，就把诗歌研究多维化了。这其实是解放了旧体诗，因为将其置于现代多元文化中审视，就赋予了其现代感。

新式学者谈诗词有根底者不乏其人，钱锺书外，顾随实为难得的才子。他的白话小说、散文都有特点，旧诗词也写得不差于古人。他教学中留下的讲稿，蔚为大观，让人阅后感叹不已。《东坡词说》讨论诗词审美，给人不小的启迪，鉴赏水平不亚于王国维，甚至还有妙论高出其上：

> 大家之作，多为寓情于景，或因景见情。若其徒作景语而能佳胜，亦不数觏。西国于诗，抒情一体，区分独立。华夏之“词”，总核名实，谓之相副，无不可者。顾情之为辞，乃是总名。疆分界画，累楮难尽。详而长之，请俟异日。若其写之于词，普遍通常，伤感而已。平居常谓：伤感也者，人所本有。故虽非作者，而见月缺以情移，睹花落而心悲，上智下愚，或当别论，吾辈俱是凡夫，陷此大网，鲜能逃脱。若其施之诗词，尤为抒情诗人之所共具。惟其一触即发者，每失肤泛，不堪回味。至其衷心回荡酝酿，发之篇章，温馨朗润，感人之力，至不可忤。或出不中规，言过其实，卤莽灭裂，乃成斯嘎。是则小泉八云氏所谓痉挛，非所论也。亦有搔首弄姿，竞趣巧丽，浮漂不归，空洞无实。

如是之作，尤无取焉。

这种论述，较之晚清文人，在格调上与精神上，均已有了新意。

新文人与新式学者讨论旧的诗文，是为创造新文学而进行一种资源积累。他们虽欣赏旧的文化，但并不沉迷其中，而能跳将出来，以世界之眼光审视遗产，从而获得一种精神的亮度，这与龙榆生、唐圭璋、夏承焘略有不同。好的白话文作家，也能写好旧诗文，在民国乃寻常之事。不像后来的作家，与古代诗文距离甚远，读懂已经不易，遑论写作？旧诗文写作与研究已经成为民国文学活动的一部分，这是一个特有的现象，后来的文学界，这类现象已经不易出现了。

六

民国旧体诗写得最好的，是那些白话文的作家，典型的代表是鲁迅与郁达夫。鲁迅写旧体诗，都是偶尔为之，但气象不俗，连柳亚子、毛泽东这样深味诗歌内蕴的人都夸赞不已。他作诗的路子很广，有民谣体、杜甫风，还常带“超人”的峻急，佳句被广为流传。此外，郭沫若、叶圣陶、茅盾、顾随、阿英等都有旧体诗传世，词句也颇为可观。

新文学作家中，郁达夫的旧体诗数量较多，几乎首首都好，为民国诗文中的奇观。他懂多门语言，白话文的天赋极佳，小说与散文造诣直逼周氏兄弟，为彼时难得的才子。他的旧诗多为留日时期所作，乡愁与情伤的独语很多，与前一代留学者的血性比，自我关怀的文字流露出凄苦之味。他创作旧诗的时候，中华民国已经成立，他早年的排满理想已经实现，故其文字开创了另一风格，以旧调子写个人主义的情思，去儒生之迂腐，得卢梭、普希金之缠绵，阅古今之苦，听中外之音，独抒胸臆，有悲苦万状不能自已之态。他一九一八年所作《自述诗十八首》，惆怅孤苦之味浓郁。其自序云：

> 春风秋雨，感逝水于流年；檀板金尊，忆繁华于昨梦。自来海外，屡见霜飞；检点平生，不无泪落。况托生箕口，飘零有王右掾之悲；作客江亭，流落感韦中郎之遇。辽东只鹤，栖近鶢鶋；光范三书，曲终流水。嗟乎，人非木石，谁独无情？我纵猖狂，天何太忍！盖闻日斜庚子，贾生陈伤鹏之辞；陬正摄提，屈子有怀沙之赋。题诗答问，青莲已创作新声；自述成章，小子唯追随后武而已耳。

在留日期间，郁达夫的诗句与其小说的韵味颇近，只是略带旧文人的感伤，孤寂感挥之不去。《有寄》：“只身去国三千里，一日思乡十二回。”《不忍池边晚步过韵松亭小酌》：“独上旗亭谋一醉，笑呼野叟共传杯。”《梦逢旧识》：“相逢仍在水边楼，不诉欢娱却诉愁。”一些诗句渐渐脱离晚清文人之调，新意渐出。《丙辰元日感赋》：“百年原是客，半世悔为儒。”《山村首夏》：“一事诗人描不得，绿蓑烟雨摘新秧。”还有些诗乃绝望感情的流露，痛楚之感难以抑止。《赠梅儿》：“好是春风沉醉夜，半楼帘影锁寒梅。”《赠隆儿》：“烟花本是无情物，莫倚箜篌夜半歌。”这些可以与其小说对照而读，能够看出其精神底色。显然，旧体诗在表现现代人情感方面，不及白话作品，郁达夫后来的成就在白话文领域，而他的旧诗却不太被人提及了。

他归国之后，诗风略变，所涉题材也广于其留学时期，好诗颇多，成为其动人作品的一部分。主要是多了现实话题，愤世嫉俗与自我解嘲的内容都有，看人看事有了冷峻之眼，但也不乏儿女情长的绮思丽句，令人读后有爽心悦目之感。

郁达夫的作品率性，没有士大夫的老朽感，仿佛口语的自然表达，然而有古风，且有质感。他毫不掩饰自己的内心，坦诚之中有一种美的流盼。他在一九三一年一月二十三日写下如下文字：

旧友二三，相逢海上，席间偶谈时事，嗒然若失，为之衔杯不饮者久之。或问昔年走马章台、痛饮狂歌意气，今安在耶？因而有作。

不是樽前爱惜身，佯狂难免假成真。
曾因酒醉鞭名马，生怕情多累美人。
劫数东南天作孽，鸡鸣风雨海扬尘。
悲歌痛哭终何补？义士纷纷说帝秦。

这里有自况，亦见家国之感，还有现实与历史的对话，完全没有遗老诗人那种自恋之感，有自嘲，亦有反讽，其性情之真读来历历在目。

他的诗境界悲凉，读来可见其人的无伪襟怀。一九三二年九月《题剑诗》云：

秋风一夜起榆关，寂寞江城万仞山。
九月霜鼙催木叶，十年书屋误刀环。
梦从长剑躯流豹，醉向遥天食海蛮。
襟袖几时寒露重，天涯歌哭一身闲。

此诗对时事与自身的观照，有他人没有之眼力，用语苍凉婉转，有气吞八荒之概、情含万里之想，真真是纯粹的忧思之作，为文坛所罕见。郁达夫写诗有深远之气，加之明爽之调，往往有妙句。一九三三年《赠鲁迅》云：

醉眼朦胧上酒楼，彷徨呐喊两悠悠。
群氓竭尽蚍蜉力，不废江河万古流。

他与鲁迅的交游，乃文坛佳话。他对鲁迅文本有切实的体味，能说出其间的好处。此诗暗含典故，又总括鲁迅平生，痛快淋漓之气跃然纸上。

郁达夫有许多诗写己身经历，私人的意味尽露笔端。这些诗句都是自我情感的表露，亦能见出其率真的天性。《毁家诗纪》写他与王映霞之间的感情纠葛，失恋之苦与毁家之痛，如浓雾弥天。而他在南洋抗日时期的作品，忧国之思与儿女之情均在，诗句亦多悲楚。一九四〇年冬他在新加坡写下以下篇章：

李伟南、陈振贤两先生招饮醉花林，叨陪末座，感惭交并，陈先生并赐以佳章，依韵奉和，流窜经年，不自知辞之凄恻也。

百年常怀千载忧，干戈扰攘我西游。
叨陪宾主东南美，却爱园林草木秋。
去国羁臣伤独乐，梳翎病鹤望全瘳。
穷来欲问朝中贵，亦识流亡疾苦否？

而在《自叹》一诗里，作者写道：

> 相看无复旧家庭，剩有残书拥画屏。
> 异国飘零妻又去，十年恨事数番经。

从郁达夫的旧诗里，可看出其学识、见解、身世，其身处的时代与私人生活，他的自我抒怀之作仿佛生动的民国文人自画像。一个才华横溢的文人，遭逢战乱，抗敌卫国，苦寻爱情，并将其心路历程浓缩于诗句中。我们在他的小说中可以看出他对人生命运的无奈叹息，而从他的旧诗文里则可见出其最为真切的情感流露，是他对自己内心世界动人的描述。

七

新文学阵地偶也发表一些旧体诗，不过那些多是打油、应酬之作。与吴宓、陈寅恪不同，新文学作家写旧诗多带游戏的意味。这种游戏之文偶尔在报刊上发表，一时也会引起争论，成为所谓的事件。

被当今学界关注的京派文人，是有一点士大夫传统的。他们许多人是新文学界人，但亦眷恋旧时岁月的枝枝叶叶、一鳞半爪，不过他们对于旧时的诗文有所选择，喜欢不正统的表达。周作人就说自己是不正宗的儒家，那么他诗文的样子也该与士大夫者流多有不同吧。

自从左翼作家出现，北京地区的“京派”文人写作与之形成鲜明的对比。这些不太革命的文人的作品，对社会与自我的表现方式不同，多了一种消极抵抗的意味，一时也很有些市场。一九三四年一月十三日，周作人作“牛山体”打油诗，以自嘲口吻写过五十寿辰的感受：

前世出家今在家，不将袍子换袈裟。
街头终日听谈鬼，窗下随手学画蛇。
老去无端玩古董，闲来随分种胡麻。
旁人若问其中意，且到寒斋吃苦茶。

两天后又写诗一首：

半是儒家半释家，光头更不着袈裟。
中年意趣窗前草，外道生涯洞里蛇。
徒羡低头咬大蒜，未妨拍桌拾芝麻。
谈狐说鬼寻常事，只欠功夫吃讲茶。

此两首诗后发表于《人间世》第一期，不料这游戏之作引来刘半农、蔡元培、林语堂、钱玄同等同声唱和，一时成为文坛趣话。蔡元培诗云：

何分袍子与袈裟，天下原来是一家。
不管乘轩缘好鹤，休因惹草却惊蛇。
扪心得失勤拈豆，入室婆娑懒绩麻。
园地仍归君自己，可能亲掇雨前茶。

胡适和诗道：

先生在家像出家，虽然弗着倫袈裟。
能从骨董寻人味，不惯拳头打死蛇。
吃肉应妨嚼朋友，打油莫待种芝麻。
想来爱惜绍兴酒，邀客高斋吃苦茶。

钱玄同回应的是：

但乐无家不出家，不皈佛教没袈裟。
腐心桐选诛邪鬼，切齿纲伦打毒蛇。
读史敢言无舜禹，谈音尚欲析遮麻。
寒宵凛冽怀三友，密桔酥糖普洱茶。

林语堂和诗为：

京兆绍兴同是家，布衣袖阔代袈裟。
祇恋什刹海中蟹，胡说八道湾里蛇。

织就语丝文似锦，吟成苦雨意如麻。

别来但喜君无恙，徒恨未能与话茶。

这些唱和，既能见出彼此的友情，也抒发着对时代的不满。学人之间的关系从中也可看清一二。但此类写作，受到左翼作家的批评，他们以为旧体诗是落伍者的吟唱，不免老朽气泛滥，不足为训，胡风等人的观点就很有代表性。不过左翼作家没有意识到周作人等人借旧形式反讽世风的隐含意图，把旧诗写作都视为遗老气的存在，其实也误解了这些自由文人的精神。鲁迅就颇能理解这种唱和，觉得吹捧者虽有些肉麻，但不失文人的趣味。在一些新式文人那里，旧体诗也并非无用的遗存，旧瓶新酒，自然也可满足畅快表达的需要。

一九四五年，周作人因汉奸罪入狱，进入生命最为黯淡的时期。他在狱中写下大量诗歌，以抒发郁结之情，所写诗句依然是打油式的，大有自嘲与讥世的意味。旧的形式被以颠覆的方式使用，遂产生了另类的隐喻。看那些诗的内容，怀人叙事中，间以学识，东西方文化的精义闪现其间。这些不像诗的诗，因了格式的特别，获得了另类的隐喻功能。新文人拾起老传统，并非意在复古，而是以陌生化的方式自我解嘲。

上述例子，只是冰山一角。民国旧诗词的流派众多，作品驳杂，可以研究的多矣。笔者只是寻找一些自己感兴趣的部分述之，可以看出与新文学相异的传统书写的别样景观。

民国文人写旧体诗词，有士大夫的审美惯性的延续，也多复古心态的表露。遗民的书写有之，闲适者的吟哦偶存，新文人的嬉笑游戏亦含其间。古老的艺术形式，已经融入现代性的因子。这一余风，即便是过去百年的今天，依然没有消失，实在也是文学史里奇特的风景呢。

在『文学改良』的背后

胡适《文学改良刍议》问世已经整整百年。现在的青年对于其间蕴含的深层道理，未必都了然于心。他所提出的文学改良观点，乃试图疗救汉语书写病态的一剂药方，或者说铲除灰暗记忆的一种手段。胡适那代人已经深深意识到，中国人在自我蒙骗和自娱性的写作中深陷苦海，颂圣与自恋之作比比皆是，文章道弊已久。而要改变此态，不能不做历史清理的工作。我们看他那时候的书信、日记，会发现他的思考之细让人生叹。陈独秀看到了胡适的内心焦虑，其间有催促文艺新生的冲动。不过陈独秀深觉胡适还过于“温吞”，以为他的改良不能奏效，故而提出“文学革命”的口号，把胡适的意图更为具体化了。

从文学入手提出改良和革命，其实是放弃固有的文章学理念，把新的书写思路带到日常表达里。其中重要的一点，就是远离儒家经典的束缚，道与文分离，注重精神的独立性。用刘半农的话说：“故必须作者能运用其精神，使自己之意识、情感、怀抱，一一藏纳于文中。而后所为之文，始有真正之价值，始能稳立于文学界中而不摇。否则精神既失，措辞虽工，亦不过说上一大番空话，实未曾做得半句文章也。”（《我之文学改良观》）也就是说，把文学的载道功能置换为写意功能。而这里最重要的一点，是“文章”与“文学”的区分，需要把“文学”从“文章”中移除。

晚清的文人从文章学入手，渐渐厘清文学的概念。“文章”与“文学”，本是不同的概念，前者包括了经、史，后者仅指感性的诗意的表达。不过周氏兄弟对于文学的理解与胡适不同，他们讨论文学的时候，有时也借用文章学的概念，范围显得很宽。《摩罗诗力说》《论文章之意义暨其使命因及中国近时论文之失》谈的“文章”，包含后来胡适所云的“文学”，只是概念极为含混而已。胡适谈论文学，一开始就撇开了旧的文章学理念，把西方的对应概念 literature 引介过来。所以我们看他讨论问题时，文学、历史、哲学是分开的。鲁迅的审美意识，也与胡适有呼应的地方，比如他研究小说史，意识深处就有来自域外文学理念的一套参照标准。但鲁迅与周作人言及散文的时候，没有像胡适那么单纯，还残留着文章学的意识。鲁迅将自己的作品称为“杂文”，其实就是刻意与纯文学的散文理念保持距离。

保持这种距离感，不是为了回到纯粹的旧文章中去，而是借用各类文体创造新的艺术形式。日本的近代文学变化，给周氏兄弟的启发很大，他们在日本人的经验里，意识到文学的纯和杂，各得其所。融汇各种艺术手段，对于词章的灵活使用大有意义。小说家如果也是文体家，那他的作品就会有另类的美。但专门从事于随笔写作的人，则有不同的心解。学者李长声就从公元一〇〇〇年前后的清少纳言的《枕草子》到十三、十四世纪产生的鸭长明《方丈记》、吉田兼好《徒然草》里，看出日本人在文字间艺术地处理心性与自然的审美路途，好似知道了东洋随笔的艺术源头。丸谷才一的一句话颇得其心："写的和读的都必须有游乐之心，此心通学问。"这句话点到了随笔的要害，日本和中国现代文人的笔记小品，基本从这个路子里来，来源于学术论文的片段，从几点出发，联成一片，遂有了知识的趣味化和诗意化。周作人说这是古人的余音，而吕叔湘则以为宋代苏轼、洪迈的作品，才是这种形式的源头。不管怎样，东亚人在文体形式上，总还是有交叉的地方的。

胡适与周氏兄弟不同的地方，是在一种明白晓畅的文体里建立现代人健康的思想和趣味。他把写作从过多的精神承担下解放出来，形成朗健、直观、诗意的体式。不过胡适讲文学，不是从文学思维入手研究内在的韵致，而是以颇为理性的实验主义思维考虑问题。他认为创造新文学要有以下因素：1. 工具，2. 方法，3. 创造。在工具、方法问题上，胡适的论述很是充分，但对如何创造，他就语焉不详了。从他对西方散文的分析可以看出，他对于中国旧的文章的批评并不过分，颇为中肯："西洋的文学方法，比我们的文学，实在完备得多，高明得多，不可不取例。即以散文而论，我们的古文家至多比得上英国的倍根（Bacom）和法国的蒙泰恩（Montaigne），至于像柏拉图（Plato）的'主客体'，赫胥黎（Huxley）等的科学文字，包士威尔（Boswell）和莫烈（Morley）等的长篇传记，弥儿（Mill）、弗林克令（Franklin）、吉朋（Gibbon）等的自传，太恩（Taine）和白克儿（Buckle）等的史论……都是中国从不曾梦见过的体裁。"（《建设的革命文学论》）胡适看到了中国文学的内在问题，对于新文学的渴念也尽在言中。但文学样式的多样化如何出现，是一个实践的问题，而非简单的理论问题，而解决了这样的难题的，倒是周氏兄弟和后来的许多青年作家。

胡适专注新文学理念的探索，与旧的文章学进行切割，显出改良的决心，而周氏兄弟一直还带着旧习。白话文通行不久，周作人就意识到，放弃旧的文章的观念，可能会损害文学的丰富性。因为在几千年的书写传统里，有许多好的经验，且可以与白话文互为参照。他在关于文言与白话问题的思考上，开始以折中的态度为之，内中有许多感慨。《中国新文学的源流》所阐释的思想，与胡适《白话文学史》就不太一致了。

多年前在写《微笑的异端：胡适影集》时，我曾经这样表述过自己的看法：“大凡留意文学史的人，如果不是有创作的欲望，多是有鉴赏的嗜好的。”胡适早期喜欢读书，著述的冲动在其文字里也可看到。从他在《竞业旬报》写下的文章，能看出不凡的才情。不过说理的激情大于形象思维，所以他年轻时表现出的特质就注定了他的未来的选择，倾向于做学究，而不是作家。学者眼里的文学和作家眼里的文学是不尽相同的。看他的文字就能发现其和五四时期许多作家不同的面目。后来一些青年作家对其不以为然，也不是没有道理。

特立独行的文人是不太理会学者的文学观的，他们觉得那是纸上谈兵，离心灵的距离殊远。浏览胡适讲文学史的文章，没有像看鲁迅文本那样的震撼，像是听和蔼的长者，坐在书斋里慢条斯理地谈天说地。再奇幻的作品，在他那里也不能掀起情感的涟漪，一切都转化为静静的风景。他不是融化在其中，而是远远地站在画面的对面，情感的波浪都被抚平了。我印象里他读解文学，不是出于审美的好奇，而是试图抽象出什么道理，归纳出规律性的东西。比如他阅读《诗经》，更看重社会学的意义，而不是生命价值，即从社会学的层面颠覆传统的狭窄的道学。《论汉宋说〈诗〉之家及今日治〈诗〉之法》强调，读《诗经》“当以二十世纪眼光读之”：“古人说《诗》之病根，在于以诗作经读，而不作诗读。”此观点是很有道理的。但怎么作诗读，他却没有阐述，因为他彼时的兴奋点不在艺术的神韵里，而在文学作品的社会内涵中。一九二二年四月二十二日，他在日记里再次讲到《诗经》的问题，大意是要用社会学与人类学的知识来解释《诗经》，其中民俗学的角度更为重要。诗对他而言意味着知识，而不仅仅是美的精神。这是典型的学人眼光，与自由诗人和作家的精神体验，区别显而易见。

由于要在艺术之途寻找规律，他的思路急于在现象的归纳上行进，几乎来不及体味“神思”一类的存在。作为归纳法的信仰者，胡适打量文学时的目光是锐利的。比如他认为我国文学有三大弊端：一是无病呻吟，二是模仿古人，三为言之无物。其剖析入木三分。这也是他文学改良意识萌发的原因之一。不是讲不破不立么？胡适要破的就是这三种弊端，继起的是新的文化理念。在他看来，文学有了问题，就必然发生革命。《吾国历史上的文学革命》说道：

以韵文而言“文学革命”，在吾国史上非创见也。即《三百篇》变而为《骚》，一大革命也。又变为五言、七言、古诗，二大革命也。赋之变为无韵之骈文，三大革命也。古诗变为律诗，四大革命也。诗之变为词，五大革命也。词之变为曲，为剧本，六大革命也。何独于吾所持文学革命论而疑之？

这里有进化论的支撑，哲学的归纳法也起了作用。类似的话，王国维也是说过的。不过王氏和他的区别是，从心灵的过程及精神的演变来看文学的进化。胡适是从社会规律的角度打量诗文的轨迹。从社会规律的角度看问题，就往往在宏观上、意识的流变上着眼，把问题意识延伸到艺术之外的领域。而从心灵的层面瞭望文学之路，就会产生震撼的内力，直接与玄学里的东西接触了。《人间词话》远胜于胡适的读书笔记，是公认的，但胡适开阔的社会学视野，也非当时的人可以比肩。王氏的价值是私人的、个体的，胡适则开一代人以新眼光认知事物的风气，为后来者铺上天梯。他自己消失了，却让无数人站高了，也不能说没有可与王国维比肩的意义。

从他早期留下的文章可以看到，他对文学的爱好，不是走奇、险、怪的路子，以为文章乃“辞达而已”，不是作态的游戏笔墨。他厌恶文学里的故作高深，认为通达与素朴之美是重要的。所以他在《论文学》里说：“文学大别有二：有所为而为之者；无所为而为之者。”这两者里，一是功利的，二是超功利的。前者是讥讽、劝导、暗示，后者乃游戏与自由的表达、忘我的燃烧。文学是很个性化的劳作，极其隐私和自我，可胡适却不是从私的角度阐释这些，而是从公的，即普世的层面论述诗文的奥秘。其实他欣赏比自己高妙的文人，比如徐志摩、沈从文、张爱玲等，对鲁迅兄弟也颇为推崇。不过他讲文学的时候，偏重于史的时候居多，是从认知的角度了解它们，而不是从心灵的感受上阐发问题。所以他的“讲文学”，和同代的许多人是有区别的。

《文学改良刍议》是从理论的角度和蔼地论述现象的好文章，遗憾的是有点平平。我觉得后来他的那篇《五十年来中国之文学》，倒显示了他的实力。这一篇论文旨在强调文学乃进化的产物，进化是从死路进入活路的过程。古老的东西再好，如不符合今人的生活，也是死的了。重要的是对当下生活的反映，与大众的存在有关。如果没有活的人性化的文本存在，大众是不喜欢的，它的意义也是可疑的。这里一个值得关注的现象是，胡适很看重平民的文学，对传统士大夫不屑的通俗文艺情有独钟。《五十年来中国文学》虽赞赏了严复、林纾、谭嗣同、梁启超的历史贡献，更推崇的却是《三侠五义》《老残游记》《官场现形记》《二十年目睹之怪现象》之类的作品。在胡适看来这些是高于贵族的、鲜活的民众的艺术。五四那代人了不起的地方，就是把士大夫一贯认为理所当然的文学地图踏碎了，建立起新的没有框子的新文学。一方面是欧美学理的东西，一方面又是平民的传统，二者结合起来，造就了一种活泼的文风，一个新的文学时代，就这样出现了。

欣赏平民的、底层的文学文本，其实是对于士大夫酸腐书写的一种摒弃。腐儒腔、八股腔，都与真的文学远甚，那些文不雅训的在底层流行的艺术，倒是折射出社会生活中动人的一隅。他对于《儒林外史》《海上花列传》的欣赏，都因为内中有社会环境和深层人性的写真。他阅读这些文本的兴奋点，在于其中蕴含的丰富社会学的史料，在胡适看来，从平民文学得到的认识，比从贵族文学得到的要多。平民文学作为对精英文学进行抵抗的存在，给文学的进化带来动力。新的知识阶级出现之前，这些文本起到了改良阅读风气的作用是无疑的。

胡适的文学观，和日本近代学术思想颇为接近。谷崎润一郎说："中国自古以'济世经国'为文章本色。占据中国文学宝座的主流汉文学，皆为经书、史书，再不然就是修身、治国、平天下为目的的著述为主。我少年时代用作汉文教科书的读物是四书五经、《史记》以及《文章轨范》等，总之都同恋爱相距甚远。过去，这些东西似乎被看成是真正的文学、正统的文学。到明治以后，坪内先生的《小说神髓》出现了，近松和莎翁、西鹤和莫泊桑的比较开始了，戏曲和小说才逐渐成为文学的主流。”（《阴翳礼赞》）这是近代潮流的必然，西洋的文学观念改写了人文地图。人们把独抒性灵的文本从载道的话语中独立出来，将百姓日常生活艺术化地处理，“人的文学”和个性主义书写才有可能。

不过胡适没有看到，那些边缘的写作和文本，存在智性强弱之别。个性的文学如果没有逆俗的审美追求，平庸是必然的。他的文学思想里，兰波、波德莱尔的地位不高，李贺、李商隐也不及白居易有价值。《白话文学史》对文本的趣味远远不及对于文学发展过程的趣味。只要看他对于刘勰《文心雕龙》的怠慢，对于陆机的不屑，便可感到其对文学文本内在规律的隔膜。穆木天、汪曾祺后来对胡适的微词，也并非没有道理。

不妨说，《文学改良刍议》是汉语书写史上标志风气转变的一个纲领性文件，《白话文学史》则对这一文件进行了学术的论述。但这种论证因为趣味的褊狭，还不能给文学本体做出更为深入的说明。倒是周作人、刘半农、傅斯年的文章从不同侧面填补了胡适的不足，我们把这些文献看成胡适思想的一种注释和延伸化的表达。比如周作人的“人的文学”观念、傅斯年的“逻辑的白话文”观念、郭沫若“生命的文学”的观念，都将胡适的思想引申到深的层面。傅斯年呼应胡适的时候说："我们所以不满意旧文学，只为他是不合人性、不近人情的伪文学，缺少'人化'的文学。"（《怎样做白话文》）这样的表述，才更为接近新文化的本质，由技术层面的表述进入了思想层面的探索。而后来的文学变化，就是由此而发端的。

新文化运动是先有预设，后有创作的实绩。无论是胡适还是陈独秀，他们的文学实践都很有限。而白话文学的发展，也非他们预想的那么简单。鲁迅的作品，就让他们大为惊奇，那是先前没有料到的存在，而左翼文化的产生和大众艺术的政治化倾向，都超出了《新青年》同人的预料。胡适、陈独秀在文学的社会价值和应用的便利角度思考审美的问题，且将被压抑的精神从边缘召唤出来，都功德无量。但写作的语言实验性和独创性，没有进入他们的视野，这也是为什么新文化深入延伸的时候，在文学界，周氏兄弟很快代替了胡适、陈独秀的原因。

百年过去，《新青年》一代已成了古人。回望流失的岁月里的人与事，赞之、骂之的声音都未曾间断。文化的变迁，乃多种合力的结果，我们在单一语境里未必得其本意。胡适、陈独秀当年在多元的对话里开启自己的思想之旅，时代给了他们自由思考、自由表达的机会。今天诅咒《新青年》的人，多是在单一语境下关注问题，和自由的思想者毕竟南辕北辙。新文化才诞生百年，不幸后来的波折多多，胡适等人的期待往往落到空处。新文学既是写真的文学，也是突围的文学。它的开放性和世界性的气魄，扫荡着一切自我囚禁的卑琐精神，盲从无趣的灵魂。面对各种质疑，我们不得不思考的是，它何以在战乱的年代变为单一的话语？而在白话文语境里成长的人为什么丧失了与传统对话的能力？过于人为的文化预设和自然的文化生态演进，哪一个更为恰当？这些都是今人要回答的问题。历史看似已经断裂，但若隐若现之间，那些远去的灵魂与我们也息息相关。应当承认的是，我们还在他们的影子里。当年他们批评和审视过的存在，未必不残存在我们的躯体里。当我们还不能以自己的本真语言表达思想的时候，面对先贤的遗产，思想之门，对我们永是紧锁的。

野性学问

在鲁迅的藏书里，有一本陈独秀的专著《字义类例》。书不太厚，封底标“中华民国十四年十二月出版，定价大洋八角”。此书何时到了先生之手，不得而知，推想大概是他到上海之前。陈氏的著述引起鲁迅的注意，和他们彼此的尊敬有关。鲁迅自己对语言文字学，就很有感情。此书由胡适题签，印得较精良，在现代文字学研究史上，是有分量的一本。陈独秀的序文云：

> 这本书是我于民国二年亡命上海闭户过冬时做的，其中只有解释假借有点特殊的意见，要求读者加注意！
>
> 近代学问重在分析，此书分析字义底渊源，于中学国文教员或者有点用处，我所以允许亚东主人将他出版。
>
> 一九二五年三月独秀于上海

这一本书共分十部分，依次为：假借第一、通用第二、引申第三、反训第四、增益第五、俗误第六、辨伪第七、异同第八、正俗第九、类似第十。全书颇有古风，行文言简意赅，丝毫不像他的政治论文那样笔锋带着情感，有着顾炎武的严明、戴震的透彻，其研究路径，很得朴学真谛。看到这一本《字义类例》，不知道鲁迅当年的感想如何。这是鲁夫子收藏的唯一一本陈氏的书，之所以收藏它，内心想必有些共鸣。我读此书时，不知怎么，竟想起章太炎来。当年章氏也是一边搞反清运动，叱咤风云，一边做文字学研究的，将故有的文明进行了一次有趣的清理。从章太炎到陈独秀，有革命情结的人，何以都是小学研究的大家，内中可分析的东西颇多。连鲁迅、钱玄同等，也深染此风，对文字的敏感，超于常人，其间的情状，蔚为大观。

陈独秀后来在小学方面的研究文章很多，有《古音阴阳入互用例表》《中国古代语音有复声母说》《连语类编》《荀子韵表及考释》《屈宋韵表及考释》《晋吕静〈韵集〉目》《〈广韵〉东冬钟江中之古韵考》等。文章涉猎面颇广，上承魏晋学术，又受晚清学风影响，从《广韵》《说文》《方言》《唐韵》《史记》《汉书》中汲取营养，所涉知识颇多，由文字到器物，由概念到思想，可谓林林总总。他一九四一年所作《连语类编》，涉猎的范围颇广，举凡天象、山川、草木、鸟兽、虫鱼、氏族、人体、农器、乐曲、形况等等，包罗万象。二十世纪末的时候，学者们曾呼吁对概念进行梳理，但看这一组文章，才知道陈独秀早就注意到此了。作者从浩瀚的史书中，钩沉旧物，谈字义与其流变原委，简洁明了，多明彻之思，行文有旧学遗风，而气象却是现代人的。这里没有论政文的锋芒，一切均本于文献，是史料的辨析，许多灼见均隐含于古朴的文风里。文字学的任务之一，是厘清字的古义与古音，审辨于天人之际。从名词的原始之义与引申之义，可看出社会变迁的痕迹。以今人的想当然妄谈古人，那是贻笑大方的。看陈独秀的论述，觉得其思想是飞动的，他遨游于远古，与无数灵魂对谈，像广采蜂蜜的劳作者，自由地往来于山水之间。其境界与情怀，是何等高远啊！这使我想起他晚年所作的那首气韵高远的诗：

> 除却文章无嗜好，世无朋友更凄凉。
> 诗人枉向汨罗去，不及刘伶老醉乡。

陈独秀的文字，自有别人不及的妙处，这是受到同代友人感叹的。胡适在一次讲演中，就称赞其修养之高，不仅有英法文化的背景，在文学上亦出手不凡：

> 他有充分的文学训练，对于旧文学很有根底，苏曼殊、章行严的小说、文章，他都要做个序子，这是散文方面的

> 成绩。说到诗，他是学宋诗的，在《甲寅》杂志，他发表过许多作品，署名“独秀山氏”“陈仲”“陈仲子”。他的诗有很大的变化，其中有一首《哭亡兄》，可说是完全白话的，是一种新的创造。他更崇拜小说，他说曹雪芹、施耐庵的《红楼梦》《水浒传》比较归有光、姚姬传的古文要高明得多，在那时说这种大胆的话，大家都惊异得很，这可见他早就了解白话文的重要，他最佩服马东篱的元曲，说他是中国的 Shakespeare。

在这里，胡适并未言及陈氏在文字学上的修养，但对他在这一领域的贡献，大约也是清楚的，要不然不会为那本《字义类例》题签。胡适深知自己不及这位友人之处，不仅是旧学上深切的功底，还有新学上独特的贡献。重要的是，陈氏是一个革命者，其治学的过程，多有气贯长虹之气象。他傲视群雄，志不拘检，于荒蛮之地自创绿洲。一个寂寞哀凉的国度，因了这样的绿洲存在而显出了一缕生气。

我们说陈独秀做的是野性的另类学问，有两个原因。一来其学问是非学院派的，没有什么固定的程序和套路；二来他不属于官学，具有立足于民间的私人特色。他一生有许多机会，可以进入某种体制，却退了出来，走自己的路了。他的身上，有一点顾炎武、戴震、王念孙、章炳麟的遗风，但又不尽相同，质疑前人的地方颇多。陈独秀承认，自己的文章大多没有什么体系，不过是直觉性的东西。但他的直觉，有着丰富的文化背景作为依托，所以往往能抓住事物的本质，一语中的。这在新文化伊始，起着相当大的作用。

在陈独秀谈论学问的只言片语里，可以见出其治学的出发点，与人性的解放大有关系。他对旧传统的评判，出发点是其是否有利于人生，是否有利于社会的进化。比如孔教，并非没有合理的精神内核，但用现代眼光而看，根本出发点就错了。一九一七年二月一日，他在致常乃悳的信中说：

> 孔学优点，仆未尝不服膺，惟自汉武以来，学尚一尊，百家废黜，吾族聪明，因之锢蔽，流毒至今，未之能解；又孔子祖述儒说阶级纲常之伦理，封锁神州。斯二者，于近世自由平等之新思潮，显相背驰，不于根本上辞而辟之，则人智不张，国力浸削，吾恐其敝将只有孔子而无中国也。即以国粹论，旧说九流并美，倘尚一尊，不独神州学术，不放光辉，即孔学亦以独尊之故，而日形衰落也。（人间万事，恒以相竞而兴，专占而萎败。不独学术一端如此也。）
>
> 足下谓叔孙通、刘歆等依托儒家，乃投世主之好，以

为进身之途。足下当思世主于九流百家中，何以独好儒家也？足下既谓近世儒者以唐、虞禅让为是，今之民选为非，何以又言《礼运》所载“大道之行”一节，非今日共和政体所能跻及耶？所谓“大道之行，天下为公”，乃指君主禅让而言，与民主共和，绝非一物。足下岂谓贵族共和制度，有加于民之共和耶？

以行政言，仁政自优于虐政；以政治言，仁政之伤损国民自动自治之人格，固与虐政无殊；以治乱言，王政之治乃一时的而非永久的，乃表面的而非里面的。共和之治，乃永久的而非一时的，乃里面的而非徒表面的也。若共和之乱，乃过渡时代一时之现象，且为专制余波所酿成，决非真共和自身之罪恶。足下有云：“其所谓乱，专制之乱，而非共和之乱也。”可谓一语破的矣。吾人于上陈理由，未能彻底了解，故于共和立宪政体，遂无信仰。无信仰遂无信心。口共和而脑专制，此政象之所以不宁也。若夫图一时之苟安，昧百年之大计，重现象而轻理想，大非青年之所宜，至为足下不取焉。

此段通信，不仅有学术的看法，亦有其鲜明的社会观。陈氏从未将自己置于纯粹的象牙塔里，他是自社会经验里，重返旧籍，于是看到孔学的破落，儒教被定为官学之后，私学传统不被看重，一些重要典籍未得流传，是件殊为可惜的事情。私学不倡，乃思想界的悲哀，以陈独秀喜欢的文字学而言，历史上有许多著作，如南北朝吕静的《韵集》、夏侯咏的《韵略》等，就未得流传，显然以未入官学之故。官学是要维护正统的，那自然就不能滋生什么思想，也就掩埋了精神进化的另一景观，文化之路的别种可能也就被阻隔掉了。陈独秀向旧儒开火，意在别立新宗，将学术引向为人生的求是之路。那正是五四一代思想者共有的特点，恰如鲁迅所云，凡有阻碍生存与发展的，不管是什么学术与传统，都应踏倒在地。他们的学术观与思想，都是建立在这样一个基点上的。

鲁迅、周作人的一生，谈论学问的文章很多，也是另类的路子，和陈独秀有着相近的思路。鲁迅的那一本《中国小说史略》，寻常书斋学者何尝写得出来？至于周作人的小品文，以学院派的标准衡量，大约是不合要求的。但是他们的思想，却于此中得以传播，至今对读者仍有吸引力。鲁迅与陈独秀等人很多的思想，都是在不经意间涌出来的，其中一些妙论，还影响了历史的进程。这一点如果厘清，当会看到现代学术史中动人的一页。

浏览鲁迅、陈独秀的文章，可发现其一个重要特点，是始于忧患。鲁迅关于文字学的论述，绝非西洋学术的翻版，乃是为大众解放与思想启蒙的需求所迫。他写《中国小说史略》，意在颠覆正宗的载道文学，将“人”的观念和新型艺术思想引入中国。有一段时间，他迷恋于收藏汉画、汉砖，我想那是为了从遗失的民风里，找到复兴中国自由艺术的可能性吧？有趣的是，鲁迅和陈独秀一样，对小学有着相当的迷恋，在致友人的信中，也谈到要写一本中国文字变迁史，仿佛是个殉道者，为寻找中国思想的原点苦苦奔走。他看过许多谈中国历史与文化的书籍，大为不满，那口气与陈独秀颇为相近。一九三五年四月二十三日，他在致萧军、萧红的信中说：

> 我看中国有许多智识分子，嘴里用各种学说和道理，来粉饰自己的行为，其实却只顾自己一个的便利和舒服，凡有被他遇见的，都用作生活的材料，一路吃过去，像白蚁一样，而遗留下来的，却只是一条排泄的粪。社会上这样的东西一多，社会是要糟的。

这一段话透露出两个信息：一是学问是不应利己行私的，要有阔大的气象。二是学问的路应当逆向发展，向陌生与极限挑战，既有超功利的静观，又有现实的意义。可惜这两点，世人多已失却了。以此证之于陈独秀，他们都是逆向行进的人，既不趋时，又不佞古，做的是正正当当的自己的事业。他的《小学识字教本》，世人也许看不太懂，已成为鲜有问津的冷门书，但在那严明与从容的字里行间，何尝看不到生命的激情？我以为其不朽之处，正在于孤寂与冷落间。中国人在热闹中盘旋的时间，有些太久了。

鲁迅住在八道湾的时候，寓所就常有友人光顾，是北大学人的沙龙。自从他与周作人失和，离开那里后，八道湾的沙龙意味不仅未断，反而更浓了。周作人身边就渐渐形成了一个文人圈子。他的友人、弟子常常往来于此，一时间诸多佳话从那里传出，颇有些故事性。钱玄同、钱稻孙、徐祖正、张凤举等是朋友辈，彼此相知甚深；而俞平伯、江绍原、废名、沈启无是周氏的学生，与他的感情也非同寻常。这引起了众人的兴趣，连胡适、郁达夫、沈从文也来凑热闹。这些人大多远离激进风潮，喜欢清谈，厌恶政治，象牙塔色彩过浓，与左倾文化是多少有些隔膜的。鲁迅南下后，与左翼队伍逐渐靠近，对苦雨斋不无微词；而周作人那个沙龙里的人渐渐也成了讥讽左翼文化的一个营垒。京派文化的出现，说来和苦雨斋的关系实在是深而又深的。

周作人将自己的书房命名为“苦雨斋”，其实有点开玩笑的意思。北京少雨，所谓“苦雨”，只是为了有些士大夫雅兴而已。许多人喜欢周氏的文章，他在社会间的影响渐大，可与鲁迅相比肩。不过承传其思想与文风的，大多是他的学生。其流风之广，我们在九十年代张中行的文字里亦可感受到。就现代散文而言，鲁迅之外，周作人的影响力可能是最大的吧。

苦雨斋师生间形成了一个传统。他们都非激进的文人，和胡适、陈独秀那样的思想者亦差异很大。周作人自称“学匪”，意思乃非正宗的儒生，有点离经叛道的意味。不过这离经叛道，没有鲁迅那样的紧张感和惨烈气息。他和自己的学生们在思想上喜欢新的学理和个性意识，古希腊哲学、日本艺术，现代心理学与民俗学都被深切地关注着。他们还注重对明清文人小品的钩沉，志怪与述异杂见其间。加上有点欧美散文与六朝小品的余味，遂在文坛上造成了势力，对后人的引力一直是时起时落的。

周作人那一群人，不愿意张扬自己，感情多是内敛的，写文举重若轻，学识与趣味相间，没有迂腐气和趋时气，但精神的力度亦不可小视。周氏的短文在知识的庞杂上无人可及，审美含蓄淡雅而不失锐气，时时动人心魄。废名的作品隐曲而味涩，禅机暗伏，妙音缕缕。他其实深谙西洋文学，但行文偏没有西洋气，十分中国。且他和士大夫者流距离遥遥，从周作人那样的书斋式博大变为乡野古店的清风，有了似人间又非人间的况味，将现代小品推向高妙的境界。俞平伯暗仿苦雨斋笔记，虽在才气上不及废名，但在学问上自成一格。那些关于《红楼梦》与宋词的研究文字，得前人之余绪，深浸于古典，温情款款。江绍原是民俗学的先驱，文字多有鲜活之色，谈民间文化与初民信仰，能以现代科学理念为之，思想是紧追胡适、鲁迅、周作人的。至于沈启无，其文深染苦雨斋风味，连句法也亦步亦趋。他关于明清小品和古代文学史的研究，也一时被读书界关注。钱锺书就曾著文专门谈论沈启无编的那本《近代散文抄》，认为他谈吐间流露出的思想与周作人相仿佛，在文坛是可久久回味的事情。

和周作人关系深的人，都不喜欢热闹的舞台，他们远离革命，拒绝左翼思潮，思想盘旋在古老的希腊和十八、十九世纪西洋的经典文献里。在他们看来，中国的新旧文化之争，过于功利化和道学气，要救这病症，就必须有超功利的心境，将内心沉浸在纯粹的精神静观里。所以，在他们那里，没有印象派的灵动与象征主义的晦涩，没有流血的痉挛和绝望的哭诉，他们不亲近尼采、梵高、塞尚的艺术，而是在永井荷风、左拉、弗洛伊德式文本里瞭望世界。废名就承认自己对文学的理解，有许多是从洋人的小说那里来的，另外还有些六朝的遗风。他从周作人那里接触到西洋原典的精义，但因为不了解古希腊与希伯来的文明，对外国思想的理解总有些问题。对于中国的历史，倘不去找远离八股的心性之文，那是不可能取得进化与革新的。江绍原先生研究古老的遗存，就有一种期待，即从洋人的学说里找到科学与逻辑的东西为己所用，境界是不俗的。而他研究中国问题时，文风却是中国气的，没有食洋不化的毛病。他们都受到了周作人文化观的启发，以平和之心追根溯源，要寻找人类精神的某种原型。这其间的快慰，我们从他们的文章里都多少可以感受得到吧。

前人讥讽苦雨斋文人是逃离社会的群落，那是不确的。他们也臧否人间，偶发牢骚，只是隐语过多，在审美的层面缠绕，鲜被注意而已。周作人和他的学生们在文章里不都是自娱自乐，对文化的批评随处可见。他们嘲弄旧式学问，亲近个人主义的艺术，精神常常放逐在荒漠上，在岑寂与清冷里重审艺术，根底还是人生哲学的顿悟。废名就在文章里说：

> 中国的文章里简直没有厌世派的文章，这是很可惜的事。我这话虽然说得有点游戏，却也是认真的话。我说厌世，并不是叫人去学三闾大夫葬于江鱼之腹中，那倒容易有热

中的危险，至少要发狂，我们岂可轻易喝彩。我读了外国人的文章，好比徐志摩所佩服的英国哈代的小说，总觉得那文章里写风景真是写得美丽，也格外有乡土色彩，因此我尝戏言，大凡厌世诗人一定很安乐，至少他是冷静的，真的，他描写一番景物给我们看了。我从前写了一首诗，题目为《梦》，诗云：

我在女子的梦里写一个善字，
我在男子的梦里写一个美字，
厌世诗人我画一幅好看的山水，
小孩子我替他画一个世界。

我喜读莎士比亚戏剧，喜读哈代的小说，喜读俄国梭罗古勃的小说，他们的文章里都有中国文章所没有的美丽，简单一句，中国文章里没有外国人的厌世观。中国人生在世，确乎是重实际，少理想，更不喜欢思索那“死”，因此不但生活上，就在文艺里也多是凝滞的空气，好像大家缺少一个公共的花园似的。延陵季子挂剑空垅的故事，我以为不如伯牙钟子期的故事美。嵇康就命顾日影弹琴，同李斯临刑叹不得复牵黄犬出上蔡东门，未免都哀而伤。朝云暮雨尚不失为一篇故事，若后世才子动不动“楚襄王”“赴高唐”，毋乃太鄙乎。李商隐诗：“微生尽恋人间乐，只有襄王忆梦中。”这个意思很难得。中国人的思想大约都是“此间乐，不思蜀”，或者就因为这个缘故，在文章里乃失却一份美丽了。我尝想，中国后来如果不是受了一点佛教的影响，文艺里的空气恐怕更陈腐，文章里恐怕更要损失些好看的字面。我读中国文章是读外国文章之后再回头来读的，我读庾信是因为读了杜甫，那时我正是读了哈代小说之后，读庾信文章，觉得中国文字真可以写好些美丽的东西，“草无忘忧之意，花无常乐之心”“霜随柳白，月逐坟圆”，都令我喜悦。“月逐坟圆”这一句，我直觉中国难得有第二人这么写。杜甫咏明妃诗对得一句“独留青冢向黄昏”，大约是从庾信学来的，却没有庾信写得自然了。中国诗人善写景物，关于“坟”没有什么好的诗句，求之六朝岂易得，去矣千秋不足论矣。

我觉得这一篇文章像是苦雨斋师生的文章美学的纲领，他们的诗意精神不免傲视群雄，自以为独得了天下文章的要义。废名此文写于一九三六年，正是左翼文化氛围浓烈的时期。他觉得艺术太靠近时尚思潮，大概是个问题，作家不可被实用的语境所俘虏，否则所写不过时文与滥调。和废名一样，俞平伯对伪道学与民族主义亦多警惕，注重的是经典艺术。偶涉现实也是出语不凡，锐气暗藏其间。当世人主张抵制日货时，他却不以为然，以为自强才是真的，造出比日货更好的产品比空喊爱国更重要，否则不过义和团的再演，徒受折腾。他和废名从周作人的思想里受到启发，认为实用主义不能救国人的灵魂，只有远离喧闹，静回己身才能超越轮回。所以，苦雨斋对当时文人的批评，都有些超时空的冷观，他们对狂热之际的青年的警告，其实是纯粹诗人之梦的一个演绎。当战士，他们不行；做隐士，也是笑话。就这样不温不火，不东不西，既拒绝旧的士大夫气，又反对血色的革命，除了在文字里发点牢骚，实在也做不了什么。

新文学的势头不久就被苦难与政治所掩，这是历史的必然。逃脱那种必然，在左翼青年看来就不免有些落伍。可是文学史告诉世人，在乱也中，总有些保持内心安宁的人，难免显得不合时宜。日本军队入侵北平时，周作人在黑暗里欲保持安宁而不得，俞平伯则避世不出，废名逃到湖北黄梅去了。沈启无欲随着老师振兴文学，却不能免俗，不料被周作人逐出师门，落入凄苦之境。但他在日占时期也为抗战人士偷偷做了些事情。在那样的乱世，要洁身自好，是大难之事。他们的矛盾和困苦，以及不能一以贯之的软弱，在今天看来，都是时代的反讽。比如废名就曾不喜欢鲁迅，对周作人推崇有加，五十年代却写了一本关于鲁迅的书，态度大变。江绍原早年相信老北大知识阶层存在的意义，以为胡适、周作人是不可多得的人物，可是在政治运动里又不得不批判自己，渐渐远离苦雨斋的理想信念。俞平伯在五十年代就遭受批判，其力之强是他所未料的，竟没有留下几篇关于苦雨斋的回忆文字。真是可哀可叹的。

现在看俞平伯当年的日记，只觉他和废名、江绍原、沈启无往来八道湾的记载，梦一样的飘忽美丽。那时他们之间的交流，有着温馨的爱意在，谈天、喝茶、讥世，有点竹林七贤之味，又仿佛流杯亭间的吟诗作赋，宇宙万物、人间烟云，都在笑谈间成诗成画。这些读书人在混乱的年代营造了自己的园地，虽然知道这样的园地并不长久，可是梦没有断，思想也就慢慢地延伸在文字间。他们对抗不了时代，却对抗了无识与无趣的精神黑暗。这些脆弱的存在，在冷酷的现实里显示了文字书写的另一种魅力。他们似乎也证明了，在道学之外的世界，天空与大地是极为宽广的，大家不过是耕耘了一个小小的园地而已。

我们早就想编一套《苦雨斋丛书》，把这一脉的风致系统揭示出来。苦雨斋散文不仅是文学史层面的精神闪光，实在说来，也是思想史研究者不能不注意的群落。研究现代文学史，这个群落给人的启示，不亚于左翼队伍。在审美层面，呐喊与高呼口号容易，而有悠远的情思与深厚的学养则非下一些功夫不可。中国后来的激进主义文学成就不俗，但除鲁迅外，能与古今自由对话的思想者少而又少。但苦雨斋这个群体却保持了一种精神的冲淡与宁静。他们成就高低不一的文本抵制了精神的粗糙，使我们知道为超功利而挣扎与为改进社会而挣扎同样不易。前者在今天的中国几乎成为稀有之物，而后者则不呼即来，至今流风不绝。我们讲文化要有一个态度，就是对稀有的存在的关注，使之还能在枯萎的园地里重生曾有的绿意。出现一个鲁迅很难，出现“苦雨斋”在今天也是梦中之事。有梦，就有了不安于现状的冲动，总比无所事事要好。我们深知这样的神游也非寻觅海市蜃楼般的徒劳。

闲人闲笔

一

谈民国间的士风，旧式文人的习俗多被诟病，他们吟诗作赋、优游山水的雅趣，在后人看来是病态的。刘半农在三十年代初常与友人驻足于茶馆店铺之间，这位留法博士也自知深染古风有些堕落，与周作人、钱玄同见面时，每自嘲是“老朽”，他的感慨是有着弦外之音的。“五四”之后，新式学人的生活受到西洋的影响，休闲的方式有点异国情调了。留美的学者胡适、赵元任，就是如此，曾看过一个资料，大概是赵元任吧，假期驾着车与家人在美国西海岸穿行，时在二十世纪二十年代，可见中国学子很快融入异国风俗中了。但是像赵元任这样的人，毕竟很少，其他教授与文人，大多还是生活在传统之中。若是考察他们日常生活的细节，倒是能见出另一番景象。这景象既不同于明清士大夫者流，又有别于今人。民国文化界的人与事，已成了历史间奇特的存在了。

我由此而想起了周作人。他对生活方式的选择，是有一点旧文人气的，思想却是另一种样式，与自己的行动每每反对。后来他主张文学的超功利性，提倡游戏、怡情、悠闲之调，但自己却有一点古板。烟与酒和他很有些距离，至于打牌、饮茶，他也不能算是专门家，决无胡适、徐志摩那样的洒脱。周作人在消遣方面，甚至不及鲁迅。查二人日记，鲁迅晚年喜爱电影，以此自乐，周作人却无此好，除了读书写作，不过与友人逛逛书肆，或聚于店铺，日常的大量时光还是过得十分古板，与其文字相比，反差很大。文字上的有趣与生活上的单调，大概是一体两面。据说金庸对武功就并不精通，但武侠作品却引人入胜，这或许可以为上述观点的一个例证。看周作人那一代人，想来是应注意到此点的。

民国是动荡的年月，新事物也存在于其间。不过在五花八门的潮流中，周作人却安若磐石。他既不像吴承仕那么时髦，喜欢网球之类；又不似郁达夫那样四处游荡，醉卧于山水之间。日常的爱好是逛逛厂甸，与友人谈天，别的几乎没有什么。北京文人向来喜看旧戏，他的学生俞平伯就醉心于昆曲，然而周氏却没有兴致，对旧戏还说过许多坏话。查其日记，可知其外游的时候殊少，只是在文中谈天说地，以游戏之笔代替旅行，上自天文，下至地理，花鸟草虫、鬼神人物，皆可成为闲暇时的话题。以单纯的方式打量复杂的人间，就与身边的文人颇为不同了。

提起周作人，人们总难忘其文字中的趣味。他谈花纸、民谣、风物、山水、童话、岁时，娓娓道来，妙趣横生。曹聚仁在一篇文章中，很敬佩地写到此点：

> 我对于启明先生的敬意，不自今日始；他的每一种散文集必比前一种更醇厚深切，更合我个人的口味，愈益增加我的敬慕之情。但就一般青年讲，逐渐逐渐和他的兴趣相远，几乎不能领悟周先生的襟怀，有人简直以为启明先生消极了，曾写信去责备他。周先生说："实在我的态度还与写《自己的园地》时，差不多是一样；我仍旧不觉得文字与人心世道有什么相关。'我不信世上有一部经典，可以千百年来当人类的教训的。只有记载生物的生活现象的 Biologie 才可供我们参考，定人类行为的标准'。"周先生自己不肯承认消极，自己说目前的态度还是与写《自己的园地》时候差不多是一样；但青年们为什么不这样想这样看呢？我不禁想起周先生说过"常常坐首席，渐渐进祠堂"那句笑话来，因为周先生所修都是不朽的胜业，只

能“藏之名山，传之其人”，自然和青年们逐渐相远了。

曹聚仁是深味周作人的人，他看到了其中迥异于世的精神气象。人的趣味如有别于世风，要么遗老气，要么名士化。周作人似乎不属于这两个世界，走的是另一种道路，像个无所事事的闲人，躲在苦雨斋里说一些不中听的闲话。这样的生活与这样的学识，要想被人理解，确是不易。

二

史学家们讲到周作人时，爱用“玩物丧志”这类话盖棺论定，周氏给人的印象是喜谈风月、醉心花鸟，与人间的血与火隔膜。原因呢，大概在于他的隐士气和贵族气。查阅他民国年间的文章，除译文与学术随笔外，闲适的文章多多，比如《金鱼》《虱子》《两株树》《苋菜梗》《吃菜》《谈笑话》《衣食》《赋得猫——猫与巫术》《歌谣与名物》《谈娱乐》《谈宴会》《卖糖》《中秋的月亮》等等。仅看题目，就知道是非革命的文字，系“玩物”之作，上不了大雅之堂。可作者以学问家的眼光，将日常生活学理化，使之具有一种民俗学的意味。表面看来，他有点玩世不恭，带有些贵族的气息，但细读其文章，则能感受到另一种格调。讥其“玩物丧志”是肤浅之论，看到这一点是不容易的，只有少数学者深味此点，发现了他的与众不同之处。金性尧在《叶落归根》中说：

> 有时问起他北京一些名胜，如陶然亭之类，他总是觉得，没什么意思……对缠足的赏玩，在旧文人中就很普遍，他却深为憎恶。他在北京住了几十年，对京剧没有多大兴趣……
>
> 草木虫鱼为知堂文一大特色，也反映他对生活的兴趣。他不是生物学家，和三先生的科学小品不同，知堂所以能写出这些文章，主要是从书本上来。看一些中国书本还容易，外国的就不容易，他却懂得几国外语，希腊、罗马以至印度，都能融会贯通。又有科学头脑，对积非成是的传统偏见能够辨别，如力为蒙冤的猫头鹰辩白，不赞成以人类的伦理道德移用于动物。二是这些文章很有情趣，又很有博物知识。前者如谈恐龙、壁虎与鳄鱼，以五六百字的篇幅，从传统中的龙说到非洲尼罗河畔的鳄鱼，台湾的壁虎……

周作人向来厌恶政治说教，以为数千年文明之弊在于以道德杀人，乏人间情趣。所以他读书写作，偏偏找偏僻的路，寻找未被污染的领域，于此塑造人本世界。在《我的杂学》一文中，他谈到了自己为什么倾向于非正宗的文化，那原因是正统的思想里装腔作势者多，没有人的性灵。周氏觉得生物、童话、民俗之中，有着人的内心需要的美质，不必沦入道德化的说教里。他后来与人交谈时，关注的是笑话、民风、博物之学，因为至少那其中没有做作的成分，内心由此可以放松一下，与天地互感，自由神往于乾坤之间。所以许多年来，周氏的消遣方式只是卧游于精神之界，以悦性的文本为依托，往来于古今中外的智者世界。比之于身边的教授作家，他悠然静穆的生活实在是特别的。

《知堂回想录》记有北京市井的一些景致，如对道路、店铺、公园、书肆，都是简单的勾勒，毫无渲染。老北京有意思的场所很多，他却去得殊少，说其是北京的看客，那自然是对的。不过我读他关于北海、前门、东单等地的文字，隐隐感到其内心的平淡，似未被什么熏染过。他谈到小吃、鼓乐声时，体味独到，是有高的鉴赏性的。对北京物质生活的文雅，他领悟很深，兴趣却平平淡淡，最关心的还是人与事，以及天底下的学问。他上下班坐的是洋车，日常生活有保姆照应，偶染小疾，去的又是洋人医院，但这些在他的文字中记得很少。他所关心的是书肆的行情、学业的精进、学生的成绩。在北京的几十年生活里，他构建的是属于自己的世界：谈谈闲情、议议古史、读读旧文。他的趣味止于人情，大凡图书，倘放下架子，写内心隐微，就与真人不远，使人时时自警，知道自己也是动物的一种，平常得不能再平常。其书话，也是凡人的声音，决不高呼口号，而是将科学常识、人之常情点缀于其间，态度是平和的，语气亦温和婉转。周作人的闲情是表露在读书与治学上的，我们只能在那些谈论古今的文字间，嗅出人间的气味，朦胧地体味到其日常的情调。印象里他绝不是享乐型的人物，人间的饮酒、吸烟、交游之乐，他皆十分隔膜，凡世的乐趣，大多被割舍掉了。那一代人追求的是精神上的放松，在泛观博览中，放逐己身，那既可远离奴隶之苦，不被时风所动，又能建立一种异样的文化场域，使生活不至于被暗影所罩。在世道浇漓、风云变幻之际，能有这样的人生态度，不知道是对现实的嘲弄呢，还是对己身的自警？民国文人的复杂，于此也可以看出一些。

三

一九三二年，周作人写过一篇《苦雨斋之一周》，介绍了自己的起居，从中可窥见民国文人的一种风格：

> 七月二十三日阴。上午，得半农赠所编《中国俗曲总目稿》一部二册。写《日本近代史》序文了，即寄与季谷。午，往石驸马大街，应菊农、伏园之招，来者佛西、振铎及刘、林、

黎诸君，下午三时回家。耀辰来谈，六时后去。晚慧修来。

二十四日晴。上午，估人来，买花木食器一副。古女士来访。下午，得上海寄来旧书二部。重校阅讲演稿了。夜大雨。

二十五日晴。上午，往福寿堂，刘天华君开吊，送礼，又联云："《广陵散》绝于今日，王长史不得永年。"往北大二院访川岛，午回家。下午，以讲演稿送还邓君，定名曰"中国新文学的源流"。改订《焚椒录》。吴文祺君以平伯介绍来访。金源来谈。夜，大风雨。

二十六日阴雨。上午，写信九通。下午，写讲演稿小引毕，即寄去。奚女士来访，为致函季明。晚，写《看云集》序文未了。

二十七日晴。上午，写《看云集》序了，寄与开明。任仿樵君来谈，还《珂雪斋集》一部。下午，往访君默、叔平，又往看耀辰，五时回家。得上海寄来旧书二部。

二十八日阴。上午，启无来，幼渔、肇洛先后来，下午去。得半农赠《朝鲜民间故事》一册，其女小蕙所译，前曾为作序。嗣群来，以右文社影印《六子》二函见赠。平伯来。晚大雷雨，积水没阶。十时顷，启无、平伯、嗣群共雇汽车回去，斋前水犹未退，由车夫负之出门。

二十九日雨，后晴。上午，阅石户谷勉所著《北支那之药草》。下午，抄所译儿童剧，予儿童书局。成二篇。

这一篇短文至少透露了以下的信息：一、周作人除了读书写作，业余时间主要是与友人谈天；二、著述很勤，浏览之书多为偏门，正统书籍读得甚少；三、友人们多少有些贵族作派，旧文人的气质较浓厚。如雨天外出，要靠车夫背出水区，真真是自理能力很弱的一族。苦雨斋周围的人在抗战之前多少保持了读书人的自由风范，不像一些文人仅会义愤填膺或依傍于强权。周作人和友人们都同时反对激进与保守，人生状态处于冷热之间。外不趋时，内弗背己，走的是一条独特的路。生活也好，治学也好，与良知不悖，比“无己”的人总要充实一些吧。

我以为在二三十年代，周作人可以说是个孤立之人，不仅文风与同代人大异其趣，在人生态度、审美个性方面，也是不容易归类的。钱玄同、沈尹默、废名、俞平伯只是与其情趣相投，而文章却各有路径，所操之业甚或相差很远。如钱氏的音韵学，周氏就自称不懂，“敬而远之，称之曰未来派”；废名的谈禅说佛，大家也觉得过于玄远。后人称周作人、废名等为京派，也是笼统之言，其实并未看到苦雨斋的底色。若说他们是群散淡之人，因性情而聚散，倒十分贴切。在形形色色思潮流行的时候，周氏等人退到人生的边缘，神往于古希腊、魏晋六朝的陈迹，可说创造了另一类的生活。中国的文人，易同化于新旧流俗，可偏偏有人反向而行，走的是另一条险路。虽不是通衢大道，但开启了别样的人生，那是无疑的。

俞平伯与废名，曾私下议论周氏，觉得他是超然之人。废名后来在《知堂先生》中说到了此点，颇为有趣：

> 那天平伯曾说到“感觉”二字，大约如“冷暖自知”之感觉，因为知堂先生的心情与行事都有一个中庸之妙，这到底从那里来的呢？平伯乃踌躇着说道：“他大约是感觉？”我想这个意思是的，知堂先生的德行，与其说是伦理的，不如说是生物的，有如鸟类之羽毛，鹄不日浴而白，乌不日黔而黑，黑也白也，都是美的，都是卫生的。然而自然无知，人类则自作聪明，人生之健全而同乎自然，非善知识者而能之欤……

这一段语切中了本质，从非伦理的视角打量周氏，见出其诸多特征。周作人的人生态度和学术态度，本乎知性，循乎人道，为己的时候多，是真正的个性主义者。他成于此，也败于此，留下了说不完的话题。如今遥望当年的风风雨雨、人情旧事，苍茫之间只有感叹而已。

古文的路

文体新旧的话题，早在八十年代就被关注过，印象是汪曾祺最先提及，而应者寥寥。那时候人们关注的多是伦理与命运等宏大叙事，语言如何表达还是一个问题么？孙犁曾经批评过一些作家文字不讲究，思路和汪氏差不多，但他们的声音很快就淹没在一片嘈杂中了。

这也是新旧转变中遇到的审美意识难题。我留意那时候的文章，只有贾平凹、阿城等少数作家带着一种古风，与传统有一部分意象叠合。汪曾祺欣赏他们，也因其和自己的心境贴合。在他看来，旧式语言框架中表达的情感，并非都是老调子，还没有死去。

在新的白话中加一点古意的现象，是晚清就有的，那并非文字游戏使然，而是时代过渡期的痕迹。新文化运动前的文人的笔墨，有气象者很多，我觉得在此变换之际，梁启超、苏曼殊是很值得一提的人物。

在新小说范式的建立中，梁启超用情颇深。他的那本《新中国未来记》虽系章回小说，而精神内蕴已经是现代人的了。他用了文白相间的语言，去憧憬未来的中国，的确有趣得很。笔锋是锐利的，散发着激情。梁启超的小说难免有说教气，读起来有生硬的感觉，但他以旧形式写新故事的尝试是新鲜的，多神来之笔。有时候如江河奔涌，有韩愈式的伟岸；自然也有小桥流水，宋词的委婉多少也有一些。他行文有时候并不节制，粗糙是不可免的，总还是把旧文人的酸腐气戒除了大半。鲁迅之前，说到在文体上有新创者，不能不提到他。士大夫之文被现代意识所激烈洗刷，自他开始无疑。

比梁启超更神奇的苏曼殊，给文坛带来的惊喜更多，那原因是他的才子气更烈吧。我在一本书里看到苏曼殊的绘画，静穆得出奇，好像有佛音缭绕，看久了人心也摇动。他很有才华，诗、小说、散文，都写得好。只是他命运多舛，年仅三十五岁便命丧黄泉，当时不知有多少人为之垂泪。

苏曼殊的形象在人心目中一直是消瘦的样子。他出身奇特，又是出家人，在文坛显得别具一格。他的文字很有特点，夹杂着日文、梵文、汉语的痕迹，表达方式十分丰富。他是个混血儿，父亲系在日本经商的广东人，母亲是温顺的日本人。这个奇特的家庭拥有两国的语境，以至于苏曼殊使用的文字也是混血的。比如他翻译的作品，在内蕴上就形成了复调，多弦外之音。鲁迅曾谈到其所译的拜伦的诗，很是喜欢，认为这些译作是影响了他自己的。我读过苏曼殊许多文章，都很感动，以为有才子的情缘在。德国的汉学家顾彬说，苏曼殊是使古典小说终结的人，那是对的。他的作品已经开始摆脱旧文人的习气，大有欧人之风，感伤而痛苦，诗意里跳着爱意。其与契诃夫、莫泊桑的小说，是有相通之处的。

苏曼殊的故事，坊间有诸多传说，令我印象最深的一则是他与陈独秀、章士钊同居时的争执。据说他的中文写作是得到陈独秀指点的，章士钊对其亦有影响。但翻译的经验对陈独秀、章士钊的文体似乎没有影响，他们的文字风格仍然是很中国的。而苏曼殊的语言，则从翻译中得到了另外的韵味。当时白话文章写得好的人，都是懂得一点西文的，甚或是西文的翻译刺激了他们的写作。这是个大的话题，我们一时说不清楚。在谈现代作家的写作时，这个话题是绕不过去的。

我觉得苏曼殊身上有太多的谜。他与鲁迅的关系是增田涉、林辰揭示出来的。林辰生前写过许多考据文章，尤以《鲁迅述“苏曼殊是鲁迅的朋友”补说》这篇考据为佳，令人读了印象很深。晚清的文人中，苏曼殊的存在显得很是特别，他吸引了许多人的注意，人缘很好，似乎大家都可接受。

苏曼殊开始写作的时候，林纾的译文已经畅销许久了。林纾自己不懂西文，却译了许多佳作，一时名震四野。但林纾太古雅，是桐城派的中坚，把汉语与西洋故事有趣地嫁接着。苏曼殊则不然，他通西文，东亚的气息亦浓，便找到了精神的入口，东西方的意蕴在他手上翕合无间。他谈拜伦，谈雪莱，体贴的地方多，且妙句连连。那就没有隔的意味，似乎融会贯通了。比如《燕子龛随笔》云：

> 英人诗句，以师梨最奇诡而兼流丽。尝译其《含羞草》一篇，峻洁无伦，其诗格概合中土义山、长吉而镕冶之者。曩者英吉利莲花女士以《师梨诗选》媵英领事佛莱蔗于海上，佛子持贶蔡八，蔡八移赠于余。太炎居士书其端曰："师梨所做诗，于西方最为妍丽，尤此土有义山也。其赠者亦女子，辗转移被，为曼殊阇黎所得。或因是悬想提维，与佛弟难陀同辙，于曼殊为祸为福，未可知也。"

因了阅读西文，曼殊的文字便灵活多变，和旧的士大夫不同者颇多。五四白话文创作出现之前，他的文体，大概可以算是新潮流的代表。其小说文字，无意间也有了新的内蕴。晚清文人欲在文章里搞出花样者大有人在，只因不懂外文而多被限制。苏曼殊后来写小说，以情为主，没有道德说教的那一套；故事的布局、作品结构，都面目一新，与西洋小说略有似处。鲁迅之前，他是重要的存在。许多新式的表达，在他那里已经萌芽了。

一九一六年，陈独秀为苏曼殊的《破簪记》写下后序，对这位朋友给予很高的评价。他说：

> 余恒觉人间世，凡一事发生，无论善恶，必有其发生之理由；况为数见不鲜之事，其理由必更充足，无论善恶，均不当谓其不应该发生也。食色性也，况夫终身配偶、笃爱之情耶？人类未出黑暗野蛮时代，个人意志之自由，迫压于社会恶习者，又何仅此？而此则其最痛切者。古今中外之说部，多为此而说也。前者，吾友曼殊造《绛纱记》，秋桐造《双枰记》，都说明此义，余皆叙之。今曼殊造《破簪记》，复命余叙，余复作如是观，不审吾友笑余穿凿有失作者之意否耶？

陈独秀没有直接对其小说的审美特点进行揭示，但对其精神是赞扬的。在陈独秀看来，那是写了现代人的情欲，思想在感伤无奈之间。按陈独秀的性格，他未必喜欢缠绵之作，但苏曼殊的精神在真与爱上还是打动了他的吧。

在苏曼殊眼里，世间的文字，在文词简丽方面，梵文第一，汉文其次，欧文第三。所以他虽然喜欢浪漫诗人拜伦、雪莱等，可是最倾心的却是佛学著作。佛学的高深，我们岂能及？那是高山般的世界，后人只能仰视而已。而他的诗文小说动人的一面，也是得自于佛音的，人的渺小无奈都折射于此间，真的让人动容。他写过政治性强的文章，给人印象均不深，不足为论。唯谈艺与小说诗文，情思万种，摇心动魄。见月落泪，听雨伤神，此种才子式的缠绵，真真可爱至极。

我每读苏曼殊的文字，都有种沉静下去的感觉。因为他好似也写出了我们内心的一切。他在精神上的广和情感上的真，形成了一股漩涡，把我们裹挟到一块净地。那是佛的力量还是别的什么，我们真的一时无法说清。

不妨说这是过渡时代的遗痕，昙花般的开落很有点可惜。唯其时间过短，才显出意义。六朝文占据文坛的时间不长，至今让人追忆，实在是个谜一样的存在。晚清的文人给我们后来的读书人的暗示，的确很多。有时候想想那时候的人与文，能强烈地感受到我们今天的书写，真的是退步了。

士大夫文化在晚清的流变，有多条路。一是往上走，进入现代语境，鲁迅、胡适、郁达夫便是。一是往下走，和大众趣味结合起来，鸳鸯蝴蝶派的作家如此。而后者，存在于时隐时现中，可谓命运多舛。

鸳鸯蝴蝶派的名声，其实在民间不一定坏，喜欢的人总还是多的。原因在于这一派文学作品多写日常人情，引人入胜自不必说。

那些谈情说爱的文字固然没有五四新文学的力度，但现实、贴切是没有问题的。《海上花列传》《九尾龟》都是文白相杂，前者以吴语为基调，地方色彩很重。这样的变调组合，使文字的密度加大，表达的空间也拓宽了。我读包天笑的小说，才知道那派人的审美趣味，完全是旧中国式的，士大夫与市民的气息交融，遂有了中国味道。只是太陈旧，新文化领军人物向他们开炮，也是自然的了。

包天笑是个翻译家兼报人，晚清的时候译过许多域外小说。后来也写作品，写的是才子小说，多是青楼哀怨、市民苦乐、社会黑幕的东西。文人气是有的，在布局上，功夫未必逊于别人。《同名》写一男子久别妻子，独自在上海，被人领进青楼，当得知陪伴自己的小姐与自己妻子同名后，良心发现，从迷途返回了。《无毒》也是男子去苏州与妓女相遇的故事，对沦落街巷的职业妓女的理解很深。《误绑》是黑社会的写真，写穷弟弟被误认为其富裕的哥哥被黑道绑架，在囚禁中被意外礼遇。弟弟一时称快，哥哥逍遥在外。有点传奇的意味，但太过市民情调，人物幽微的内心得不到展开，文章就平平了。

有的作品本可以写得摇曳生姿，却陷到市民的庸常趣味里。比如《武装的姨太太》，本来富于传奇色彩，可是女主人公嫁给外交官后，只是在家庭各房之间斗气，故事的格调就消沉了。三姨太武功好，是武旦出身，其人生经历本可牵出社会纠葛，包天笑却偏偏不。故事的展开与社会不发生关系，不过儿女情长。这是他的美学观使然，而五四时期的作家多认为人是社会存在，文学作品怎么能够不涉及社会矛盾呢？后来的新文学越来越激进，越来越革命，儿女伦常倒被淹没了。包天笑被人遗忘，也是没办法的事情。

鸳鸯蝴蝶派不是不关心社会，他们只是视角不同，不使用道德的话语而已。像《夹层》写穷人的疾苦，社会隐痛是有的。《沧州道中》整篇写火车上所见洋人与乞丐的面孔，批判的意识是隐隐的。只是这些不带党派的意味，是个人独自的发言，真切感和无力感都有。小说《黑幕》谈论出版界只关注社会黑幕，迎合世俗趣味而缺乏社会责任感，忧患的意识还是浓的。《云霞出海记》对几个青年女子不幸命运的描述，笔力不亚于叶圣陶等人，森然的气息流动在文字间。在塑造这类人物形象的时候，他的笔触是看客式的，读者从中会有更真切的感受。历史的叙述与市民生活的叙述，倘以中立的态度为之，观众可能普遍接受。自然，叙述者可以有道德的立场与价值态度，以隐秘的方式表达，百姓自然是觉得其文字朴实无华，有真切的感受在。

喜欢纯小说的人，会觉得包天笑的作品单调，似乎少了一点什么。但他结构小说的手段和文字功底，亦不可小视。《一缕麻》的叙述视角和文采，都有特点。其内功比郁达夫、茅盾不差，文字是好的。只可惜其视线一直徘徊在旧才子与新佳人之间，动人的图景竟未能出现。无论从那个角度看，包天笑和新文人的界限都是显然的。他没有明显的政党意识和学术偏向，写的故事都是普通得不能再普通的。他的文本是新旧杂陈的，现代色彩不太明晰；境界是大众的，迎合大众而不是提升大众。鸳鸯蝴蝶派不都是写儿女情长，那里的精神朴素而不逾越社会的道德底线，只是过于沉闷，像说书人的陈述，市井的风四散，一切不幸与欢快，过去就过去了吧。

旧派小说家的弊病可能是在日常性里陷得太深，不能跳将出来，殊乏创意。但他们将古文和大众口语结合起来，形成了新的白话体。那些故事与隐喻有时候让我想起宋词的语境，市井里的繁华与闺房间的清寂都有，在根底上还是古文表达的延伸。士大夫气与市民气一旦合流，酸腐的与灰色的因素也同时涌来，真的是泥沙俱下，美丑杂陈的。三十年代，人们强调大众化的写作，就是看到了这个问题。想寻找一种纯粹的民间体。这个倡导，因为后来掺杂了太多政治因素，后来的路反与先前的设想迥异了。

新文化运动后，文人出现了新旧的分化。新文人普遍不喜欢鸳鸯蝴蝶派的文字，将其看成落伍者言。道理不是没有，只是把他们的价值低估了。鲁迅回到北京省亲，给母亲带的是通俗小说，知道那是母亲喜欢的。大众有大众的阅读，精英文人可以嗤之以鼻，可是百姓还是买他们的账，没有办法，文学的生态就是这样的。

所以我想，一九一七年的文学革命，是必然的事，总是要发生的。看多了鸳鸯和蝴蝶、才子与佳人，眼睛也生涩了，于是希望有新的作品出来。而到新文学阵营里的，就有旧派的人物。

刘半农是新文学的健将之一，写过鸳鸯蝴蝶派的作品。他后来的转向，大可以深究。与古文为敌，是一种什么精神，今人未必了然。不过从他的积极鼓吹白话文运动的文章看，他对古文和半文言的小说是生厌的。那么说古文有黑色的幽魂，与人不利也有其道理。晚清后的读书人，是有一种厌恶士大夫气的情绪在的，刘半农、钱玄同都是这样。因为八股取士的历史长，文章的风格都坏了。他们和周氏兄弟谈天的时候，议论到古文的优劣，对林纾的桐城遗风不以为然。在这些人看来，中国文人那时有两个倾向都不太好：一是林纾的桐城气，过于古雅，和今人理趣甚远，不足为道。一是鸳鸯蝴蝶派的市民情调，士大夫和庸民的气味四散，也是有问题的。问题在于，古文可否推陈出新，注入鲜活的气息？深味域外文学的人意识到了此点，走白话文与译介文字结合的路，未尝不是一个选择。

五四那代想象的白话文，和后来出现的语体不太一致。后人渐渐把那代人的思想忘记了。早期白话文倡导者以为，文章与艺术乃“自我表现”，可以释放精神的潜能。周作人介绍过“美文”，那是中国读书人少用的文体。鲁迅则把自己的文章称为“杂文”，六朝的短札与日本小品，及日尔曼的玄思都有，和旧式文人的距离就远了。造就新的国文，不能没有这样的创造性的劳作。而李伯元、林纾都有点老旧了，他们都是拘泥于一点，似乎有点问题。周氏兄弟的不凡之处，是古今中外打通，文章就通达多致、颇有意思。周作人在《古今中外派》中说：

> 中国大抵是国粹主义者，是崇古尊中的，所以崇尚佛教是可以的，崇尚孔教是可以的；甚至于崇尚丹田静坐也是可以的，各学校里的许多蒲团可以作证；崇尚灵学也是可以的，除《新青年》的几个朋友以外，大家原是都默许了。
>
> 我不想提倡中国应当崇尚外国的宗教与迷信，但我觉得这种崇尚尊古的倾向，为中国文化前途计，不是好现象。我希望下一世代的青年能够放开眼界，扩大心胸，成为真

> 的古今中外派，给与久经拘系的中国思想界一点自由与生命。

周作人后来真的成了“古今中外派”，鲁迅、胡适亦复如此。他们搞新文化运动，自己是亲自尝试过各类文体的。但每个人，都保留一点古风。比如胡适晚年一直研究《水经注》，还抱着乾嘉学派的那一套。鲁迅辑校古籍，秉持嵇康式的风骨。五四新文人身上绝少迂腐气，他们把古老的语言置于盐水与血水的浸泡中，文字有了辛辣的一面。西洋文学里鲜活的自我意识出现了。

鲁迅、郁达夫、冰心的白话文里都有古文的成分，可是决没有包天笑那样的老气，他们不用士大夫的语言来表述思想，总想摆脱一下旧的语言的束缚。比如翻译外国作品，主张直译，要引进新的文化表达式，就是再造新的句法。鸳鸯蝴蝶派也有翻译家，但他们的特点用包天笑的话说是“提倡新政，保守旧道德”。李楠在《晚清民国时期上海小报研究》中介绍周瘦鹃译莫泊桑《伞》，看出他的士大夫气的要命的地方：

> 原作只说乌利太太脸色通红，周译成：“两颊通红，一腔怒火，早从丹田里起来，直要冒穿了天灵盖，把这保险公司烘成一片白地，寸草不留，连这总理也活活烘死在

里头。”小报文人的译作充满着传统语汇与腔调，使用负载太多文化联想的陈词套语，给人满篇滥调，而读不出西方原著新鲜的美感，无法传达西方原作的风格与情境。

士大夫的语言只有古意，而乏现代人的生命质感，是很大的问题。新文化要革的，就是士大夫的命。可是要做到这一点，很不容易。大概在一九二五年，鲁迅在《咬文嚼字》里，就讥讽过翻译中的附会古人的旧习，以为那是不好的。古而且新，有今人的温度，是一些人的渴望。这样的文体是那个时代的产物，乃一份财富。胡适、鲁迅深刻的地方，就是既保留了古人的智慧，又除掉了读书人的迂腐气。不知道为何，后来的作家都不太有这样丰厚的韵致，似乎故意远离这些，文字越发无味，渐渐和他们隔膜了。

我们现在看鲁迅的小说，觉得与鸳鸯蝴蝶的距离甚远，是真的知识人的手笔。如果不是他的出现，我们现代文学，真的会没有久远的亮度。鲁迅是超人，他走得远远的，我们跟他不上。他的路，不是唯一的，不要因为鲁迅的成功而否认别样文风存在的合理性。鸳鸯蝴蝶的那一套，并非没有可取的地方，倘改变一下路径，也许会产生新的特质，即把生命的感喟和人间的图景立体地呈现出来。远离玩世的心态，精神在盘旋里飞升，形成有力量的冲击。张爱玲的出现，就使旧派小说从死胡同里走出，有了异样的风采。在这个民国女子的文字里，日常的那些存在，都获得了诗意。虽然她的笔下不乏旧派小说的男女恩怨，可是笔锋锐利，总是有力度在的。她的作品像欧洲的一些古典油画，忧戚里带着无望的寂寞，仿佛日暮下的街市，无奈地等着黑暗的到来。她有切肤的痛感，有个体生命的无奈，文字中也有塞尚和莫奈式色调的隐现。于是便从旧派的滥调里走出，完成了一场革命。到此，与鲁迅不同的存在开始闪耀于文坛，远不失古雅的文人气，近弗隔民众的生活。泼墨为文间又拒绝成为党派文化的附庸，鸳鸯蝴蝶派的变调，成了纯文学的一部分，说起来是很有意思的。

古文可以被跨越，也可以被革新。它古老的幽魂在近代的出出进进，跌跌落落，印证了我们文化的内在冲突的多样性。我们中国人用文言文，已经有两千多年的历史，而白话文，也源远流长。按照胡适的观点，一部中国文学史，就是白话文学延伸的历史，在古文之外，民间性的写作从未间断过。读书人喜欢游戏，有时候近一点士大夫的情调，遂有才子派的诗文在；有时候到民间去，市井的与泥土的气息流散出来，具有了人间情怀。还有一条路，是既非士大夫的传统，也非民间小调的传统，乃纯粹的知识分子的写作。鲁迅在二十世纪二十年代说中国没有这样的知识分子，现在是否有，还不好说。我觉得自己不是这样的人，所以无法描述那个世界的东西。但我觉得这是一个文化生态问题。我们的士大夫文化与市井文化已经存在过，只是知识分子的独立精神难以寻觅。中国未来的艺术总该有另一个样子，但古文化的因子和民间的因子都不会死去，那也是自然的。

北大旧影

一

当张中行迈进北大的校门时，五四的风潮早过了。三十年代的北平，不再是政治中心，学术风气占据了学校的首位。我们看胡适那时的日记，就能感到其时大学教育理念里，对学术训练的重视。张中行接触的老师差不多都是一流的，有胡适、周作人、钱玄同、刘半农、马裕藻、魏建功等，那些人的气质和学识都对他有潜移默化的影响。读过《负暄琐话》的人，对此印象一定是深的。

年轻人接触新学，往往被流行的东西吸引。他入北大后，兴奋是自然的。校园内的生活是五彩缤纷的，吸引眼球的事物很多，但最让他心动的是“为学术而学术”的环境。他说：

> 这视有学识为无上荣誉的价值观有排他性。

主要表现在两个方面。一是对于政场，轻些说是不热心，重些说是看不起。不是不以国事为意，是认为政场中人几乎都为升官发财，而不是想把国事办好。治学是清高的事业，所以就要远离政场。自然，这是就多数人说；少数，在背地里，也会为某种势力奔走呼号吧？比如有个同学，人呼为马面先生（因为长脸），据说就充当官方的爪牙，歌颂、打小报告等等。毕业后如何飞黄腾达不记得了，只记得在校时期，同学提到他，都伴以冷笑，意思是无耻到这种地步，既可鄙又可叹。二是对于阔气、虚荣之类，轻些说是不在意，重些说也是看不起。名教授在家里，享用如何，不知道；走入红楼，依当时风气，要朴素。这像是表示，因为志在治学，所以就没有精力和兴趣讲究吃喝穿戴。在这种风气下，学生更是"草上之风必偃"，几乎都不穿制服，一年四季蓝布长衫。其时西装也是上等服装，少数同学有穿的，我穷，无力治备，现在回想，即使财力充足，买一两套，也绝不敢穿上出入红楼，因为总觉得与学术空气不协调。

吴相湘先生在《三生有幸》一书里，也讲到北大读书氛围对自己的吸引，那些教授和学生间的纯粹而静谧的精神对视，把新生们渐渐感化了。认真地做学问，是一种幸福。他们被一种神奇的精神洗刷着，这是一种相似的感受。张中行承认，他对流行的，如电影、话剧，京戏，只是偶尔看看，猎奇而已，不久就被原典类的著述所俘虏，读古书，钻古典。学校自由、宽容的学术空气里，弥漫着肃穆的精神之光，他沐浴在那里，心接触着古老的灵魂。他在那里得到了趣味，从枯燥的文本里发现了鲜活的、不断流淌的精神之乳。北大的人与物，唤醒了他沉睡的意识，他甚至从肉身上感受到被智慧之光辐射的快感。思想开始飞动了，久久休眠的精神从僵硬的篱笆越过，他已和乡下那个沉默的孩子大不一样了。

在《我与读书》里，他写到了北大的学习生活：

> 其时正是考证风刮得很厉害的时候，连许多名教授的名也与这股风有关，如钱玄同，把姓也废了，改为疑古；顾颉刚越疑越深，以至推想夏禹王是个虫子；胡适之的博士是吃洋饭换来的，却也钻入故纸堆，考来考去，说儒的本质原来是吹鼓手。等等。人，抗时风是很难的，何况自己还是个嘴上无毛的青年。于是不经过推理，就以为这考证是大学问，有所知就可以得高名，要加紧步伐，追上去。追，要有本钱，这本钱就是依样葫芦，也钻故纸堆。在其

时的北京大学，这不难，因为：一、该上的课不多，而且可以不到；二、图书馆有两个优越条件，书多加自由主义……先看后看，没有计划，引线是兴趣加机遇，当然，尤其早期，还要多凭势利眼，比如正经、正史，重要子书，重要集部，一定要看，就是一定以势利眼为指导的。机遇呢，无限之多，比如听某教授提到，逛书店碰到，看书，王二提到张三，张三提到李四，等等，就找来看，兴趣管的面更广，比如喜欢看笔记，由唐宋人一直看到俞曲园和林琴南；喜欢书法，就由《笔阵图》一直看到《广艺舟双楫》。量太大，不得不分轻重，有些，尤其大部头自认为可以略过的，如《太平御览》《说文解字诂林》之类，就大致翻翻就还。这样，连续四年，在图书馆里乱翻腾，由正襟危坐的《十三经注疏》《资治通鉴》之类到谈情说爱的《牡丹亭》《霓裳续谱》之类，及消遣的《回文类聚》《楹联丛话》之类，杂乱无章，总的说，是在古典的大海里，不敢自夸为漫游，总是曾经“望洋向若而叹”吧。

读了上面的话，他那时读书的快乐是可以想见的。北大在那时的好处是，还有着自由主义的传统，党化教育的那一套并不受欢迎，至少教授还是主体，影响着学生的思想。三十年代的北大，疑古和“整理国故”风气很盛，但那风气的背后不是复古，而是受到洋人的自由精神的暗示。所以，大学后期始，张中行很快也转入对西方哲学的研读中。他所阅读的书籍很杂，吸引他的竟不是杜威的哲学和希腊的原典，而是康德、罗素的著作。那些书的艰深是无疑的，可其中闪烁的智慧的光，远远地照射着，给他以未曾有过的震撼。他发现了西方文明中个人的力量和魅力。智慧的运转不是趋于信，而是归于疑，即信任主体也怀疑主体，精神是在矛盾中流转着的。他回忆说：

> 另一种，姑且名之为“精神”，曰无征不信的“怀疑”。就我所知，在这方面，也是进口货占上风。古希腊有怀疑学派，虽然庄子也曾“不知周之梦为蝴蝶”，“蝴蝶之梦为周”，可是意在破常识，所以没有成为学派。以后，法国笛卡尔也是由怀疑入门，建立自己的哲学体系。这些都可以不计，只说我更感兴趣的，是许多人都熟悉的罗素，他推重怀疑，而且写了一本书，名“怀疑论集”。主旨是先要疑，然后才能获真知。他举个有趣的例，是英国课本说打败拿破仑是英国之力，德国课本说是德国人之力，他主张让学生对照着念这两种，有人担心学生将无所适从，他说，能够使学生不信，教育就成功了。

上面的回忆很重要，他一生就是以怀疑的视角看待问题，不去盲从，就和同代的许多人区别开来。思想被知识激活了，那些枯燥的学识，在他那里变得灵动起来，成了自己思想里的一部分，且融化到了血液里去。后来经历了无数风风雨雨，还能坚强地挺下来，是和老北大的精神有关的。学院派的怀疑精神和求知欲，终于把他塑造成了一个自由的读书人。

从枯燥里看到趣味，旧式的文人也有这一点的，不过他很快从新学说里也感到异样的快感，思想的翻动摇曳，只有个体的生命才能感受到。基于群体的主义和口号在他看来与己身的会心是不同的，所以己身的体验高于群体的盲动，前者才是真实的。我把他看成一个学术的利己主义者，一个与生命个体亲近的人。不过这又不是克尔凯郭尔式的“自我”，不是尼采式的“超人”，他的个人主义是书斋里的追问者的思绪流淌，社会关怀只是哲学层面上的。这在他是异于别人的地方。不在感性的世界过度费神，懂得理性思考的快乐，真是有高深的境界。他在大学及稍后的几年的里，得到了很好的思维训练。乾嘉传统与现代西方逻辑学汇合在一起，形成了一个又新又旧的认知模式。在他那里，思维是有乐趣的，这种乐趣不仅来自知识的积累，更来自于精神的满足。人生的本然在他眼里是可以从此意识到的，而世俗社会的道德伦理模式，不可能进入思想的高地。

只有了解了这一点，才可以理解他后来对革命和社会变革的态度。他的很长一段时间被抛到社会的边缘，也是自然的了。

二

有几个人影响了他终身。胡适的宽容、科学理性，周作人的学识与趣味，都内化在他的世界里。我们读他晚年写下的文字，是可以看到这一点的。但在精神的层面，即哲学的境界上，他无疑是罗素的学生。是罗素的思想，奠定了他认知世界的基础，他的一切关于人生和社会的解释，都带有罗素的影子。一部《顺生论》可以说是罗素哲学的中国版。

张中行来到北大时，罗素已离开中国十年了，但这个英国人的思想，还久久地回响在北大的校园里。当年罗素来京时，知识界的欢呼声震动着校园，许多中国学者在文字里表示了对这位思想者的敬意，因为他所带来的正是知识界急需的东西，许多年后北大人回忆当年的情形，还激动不已。到了三十年代，校风依旧，那时北大的思想多元，古典的与外来的东西并存，非理性的与理性的，科学的与玄学的东西都在，对青年学子都有不小的吸引力。罗素的书籍在那时已译了许多，张中行是从老师的授课中了解的还是在自学中接触的，我们就不知道了。

北大的学术流派虽千差万别，可是罗素的基本哲学意识在那时是被接受的。胡适虽是杜威的弟子，而在不迷信任何思想的层面上与罗素并不冲突。钱玄同的疑古、周作人的个人主义，也都有罗素的精神因素在。学生质疑老师，在那时是允许的。在爱师与爱真理面前，后者的价值自然更大。所以即便罗素早已离开中国，可在北大红楼内外的，还能嗅出这类思想的气息。

现代以来，介绍罗素哲学最多的学人之一是张申府先生。他是中共的元老之一，在《新青年》上多次推出罗素的文章。那些关于人生哲学、自然科学、伦理道德的讲演和论述，在当时得到的反响是较大的。周作人思想中对于国家的概念的突破，就受到了罗素的影响。张申府后来远离政治，大概和他对罗素哲学思想的吸收有关。主张怀疑，不轻信，在知识层是普遍潮流。五四以来，有几个罗素的追随者是很有意思的。一是曹聚仁，自由报人，一生不盲从于什么派别，独立地从事自己喜欢的事业。二是张中行，我们读他的书自然可以感受到此点。三是王小波，近几年英雄般的人物，让人看到了自由理念的力量。大凡喜欢罗素的人，精神世界里都找不到依附外在理念的孱弱习惯。独立思考，深入盘诘，冷静多于狂热，百年间这样的思想传统，一直没有被广泛注意，实在是件令人遗憾的事情。

罗素引起张中行的注意，其原因在我看来有几点。一是其学说涉及宇宙本体的存在，讲到上苍和人，有限和无限，直面着有神论与无神论的问题。还有一点，就是自主的选择，即人性的问题。不是从伦理的角度看事物，而是以人本的观点对待大千世界。张申府在一九一九年的《每周评论》上连续译载过罗素的《我们所能做的》，其中有言：

> 但要拿思想征服世界，现在就须甘心不再依傍他。大多数的人，一辈子没有多少疑问。他们看着流行的信仰和实际，就随声附和，自觉着若不反对世界，世界总要是他们的伴侣。这种舒舒贴贴的默许甘从，新的世界思想实与他不能相容。新思想必须的，是一种知识的超脱，一种孤独的精力，一种能在内里主宰世界的力量。不乐于孤寂，新思想是不能得到的，但是若孤寂至于与世隔绝，全灭亡了愿与人结合的志愿，或若知识的超脱弄成骄傲轻蔑，也必不会切当如意的得到他。对于人事的有效果的思想所以不普通，大多数的理论家所以不是趋俗合习，便是无成效，都因为既得知识的超脱又不与世隔绝，这件事大不容易。

我想张中行是看过这样的文章的。至少从他的随笔里，我们能对照出这些思想。罗素的意识是融化在他血液里的。读罗素的最大收获，是觉出先前人们唯道德的话语方式是有问题的，不能发现人的本然的存在。二是能在一个空旷的世界里注视问题，什么是实有，什么是虚无，都可以自行地判断。三呢，是懂得人的有限性，对万能的理论持怀疑的态度。怀疑主义，乃治学的必备意识之一，所谓大胆的怀疑，小心的求证，就是这个意思。在这个层面上，他和胡适的思想又有了交集。罗素在学理上教导他大胆地疑，胡适则让他体味到行动选择的意义。北大教授在此领域有贡献的，实在是太多了。

我想罗素的人生经历，是比他的学术更能吸引张中行的，比如他的婚姻选择，和他对教会的态度等等。他生平的传奇色彩对青年张中行而言更为有趣。张氏后来精神上的浪漫和不为俗物所累的洒脱，都和罗素的影响有关。我多次听他讲在男女爱情选择上的看法，完全是西式的，老朽的东西甚少。人是自己的主人，大可不必为外在虚幻理念所扰。生命中值得拥有的是自己创造的快乐，没有选择的自由，是不能依赖别人的赐予而得到幸福的。

只有在这个基础上，我们才能懂得他后来对政治疏远的原因。在动荡的年代，能以较为冷静的心判断事物，实在是太难的。他沦落到社会的边缘，冷眼地看着世界，成了时代潮流的拒绝者，都和早期北大经历及稍后的知识训练有关。罗素的思想被真正人生化，且流在中国人的血液里，他是个典型的代表吧。

在《负暄续话·彗星》一文中，张氏写道：

我喜欢读英国哲学家罗素（一八七二——一九七〇）的著作，因为就是讲哲学范围内的事物，也总是深入浅出，既有见识，又有风趣，只有板起面孔讲数理逻辑的两种（其中一种三卷本的与白头博士合著）例外。这位先生兴趣广泛，除了坐在屋里冥想“道可道”“境由心造”一类问题之外，还喜欢走出家门闲看看，看到什么问题，就写。这就难免惹是生非。举例说，一次大的，是因为反对第一次世界大战，英政府让步，说思想自由，只要不吵嚷就可以各行其是，他说想法不同就要吵嚷，于是被捉进监狱，住了整整半年。就我所知，还有一次小的，是租了一所房子，很合心意，就要往里搬了，房主提出补充条件，是住他的房，就不要在那里宣扬某种政治主张，于是以互不迁就而决裂。

上述的文字，写出了罗素的思想纲要，一是有自由的理念，二是有科学的意识。这些都是中国人难于做到的。张中行其实更看重的是罗素的人生趣味，这在他看来，更为重要，也是大不易的。所以他又说：

且说罗素这篇怪文，开篇第一句是：“如果我是个彗星，

> 我要说现代人是退化了。”（意译，下同。）现代人比古人退化，这是怎么想的？他的理由是，由天人关系方面看，古人近，现代人远了。证据有泛泛的，是：住在城市，已经看不见充满星辰的夜空；就是行于村野，也因为车灯太亮，把天空隔在视野之外了……他慨叹说：“与过去任何时代相比，我们日常生活的世界都太人工化了。这有所得也有所失。人呢，以为这就可以坐稳宝座，而其实这是平庸，是狂妄自大，是有点精神失常。”

罗素身上现代的一面，如一剂清凉剂，让张中行恍然大悟到人性的美丑。进化的不一定就是好的，新的可能是反人性的。罗素至少使他明白了智慧的意义，也明白了趣味的价值。人创造的东西，如果不能益智，不能让人快乐，反而使人变得盲目、愚钝，还需要它存在吗？许多年里，他在生活中遇到难题的时候，罗素的东西就会出来，成为一个向导。他思想的许多侧面，和这位英国人是接近的。

三

三十年代的北大，学术压过一切，文学创作只是少数人的边缘化的劳作，风气已很不同于五四时期了。有学者已说，蒋梦麟出任北大校长后，文学社团的活动就萧条起来了，这是对的。张中行是有艺术天赋的人，但大学似乎并未激发他的这一潜质，他长于文学创作的一面未被调动出来，反而转到故纸堆里去了。那时的北大有几个文学社团，搞创作的也有一些人，他的上下届同学卞之琳、何其芳、李广田都是当时的活跃人物，可是那些热闹的文学活动里几乎找不到张中行的影子。对熙熙攘攘的文学景观，他的兴趣是索然的。

也许是专业特点的缘故，外文系的文学热情，当时就高于中文系。比如一九三一年法文系主任梁宗岱，因诗学理论而引人注意，一时有众多的追随者。卞之琳、何其芳、李广田虽不在一个系里，可都是外国文学的爱好者。比如象征主义、唯美主义等问题，都吸引着他们。何其芳办过《红砂碛》，李广田办过《牧野》，都是同仁小刊物。但这些都没有进入张中行的视野，或者说是没有激起他的热情，同时，北大散落的几个左翼社团也和他没有什么联系，在他的记忆里，似乎从未出现。一九三一年的开拓社、一九三三年流水社、一九三四年的未央社，都是具有左翼色彩的社团，张中行与他们的关系，显然是冷淡的，或者说他是无意于此的。在他的回忆录里，几乎看不见对这些激进群落的留意。因为那时他对学术的热情，远远超过了文学和政治。也因为这样，他成了那时大学理念的受益者。

一生远离热闹的中心，也始于大学时代的经验。

文学社团的青年一般有两个倾向：一是唯美主义，花鸟草虫、爱呀、怨呀等等；二是政治意识，和激进的势力联在一起。唯美的人，搞不好要吟风弄月，矫揉做作是不可免的。张中行厌恶这些，对过分抒情不屑一顾。而对那些激进的热血同学，他也保持着一定的距离，那些轰轰烈烈的口号和理论，很难唤起他的共鸣。他的这种状态，在当时有多少同类，现在已不好猜测。但他思想里有暮气，也是显然的。左翼文化和唯美主义有时是对双胞胎。他在当时也许还不能看清这一点，但到后来，就越发清楚了。

北大四年，成了他一生说不完的话题。总的说来，令他感怀的主要是自由与宽容的精神。这里没有条条框框，老师对学生的大度、考试的宽容、教学的深刻与有趣等，都是后来的岁月少有的。关键是没有强迫大家信仰什么，而是让大家以平和的心，浸泡在知识的海洋中，又没有贵族的架子，敞开大门，与人平等地交流。在中国教育史上，实在是开了好头。他写道：

> 北大的更大的自由与宽容的现象是，对校外人的门户开放，即非本校师生也可以随意走入某教室听课。据我所知，对于非校内人，不掏学费入教室听课，学校并没有容

许或不容许的规定，事实是容许，这只能是在北大，学术自由的风太硬，本位主义的小家子气就不能有存身之地了。若然，这种现象，也许在民初就司空见惯了吧？且说我入学的那几年，自己亲见，以刘半农先生的古声律学为例，每次上课都有十几个人听，到学期考试才知道，选这门课的只我一个人。还有更离奇的，是抗战胜利后，学校由昆明回来，梁思成先生开中国建筑史课，曹君家琪约我去听最后一次，记得用幻灯介绍，有桥、塔、花园等。讲完，梁先生征求如何考的意见，没有人回答。最后弄明白，原来堂下坐的二十几人都是旁听的。学校开课，如此容忍，也许太过了吗？至少我的私心所愿，是母校永远这样大大方方的才好。可惜时移则事异，过去的就永远过去了。

读过这段文字，就可知道，那时北大学生选择什么，不选择什么，都是自由的。没有人强加给人异样的东西。他在那时，安于默默地与经典著作为伴，不和世风为伍，实在是校园环境使然。各自沿着自己的路走，又不排斥别人的选择，也正是胡适主张的自由与宽容价值观使然吧。

青年时期不激进，又远离文学的人，后来的路一定是学者式的。那时候他读书，是把学术与文学并列的。学术里有文学，文学也带有学术色彩。若是看他的老师周作人、钱玄同、刘半农等的写作，就能感到，文学和思想，是不能分开的。而从另一个层面讲，学术更能滋润人心，精神的盘诘比诗意的流动更显智慧。我们从他对北大学术空气的津津乐道里，就可以体味到这些。周作人、胡适的态度，也是如此。学院派理念其实一直看轻创作，直到现在，依然没有多少改变。

张中行远离文学还有一个原因，是他对知的困惑要深于对情的困惑。关于情，古人以之为主题的，佳作已多；但知性的难题，没有深的修养不能解决。所以他从希腊和英法两国哲人的书籍里，得到了不少的慰藉，先秦的诸子，也让其心动。可是欧美印象派的诗歌、戏剧，似乎不能满足他的需要。我看他那时所关注的文化现象，猜想他是个很有哲学趣味的人，对逻辑、宗教是敏感的。正由于此，他深入精神现象的里层，思维被旋转的东西所吸引。在后来的写作中，此优长得到了长足的发展，难怪季羡林称他为超人、至人，也许是其超迈的气象征服了世人，此外，我们真的找不到其他的理由了。

文人气与文人腔，京派文人是看不惯的。周作人就讨厌文学里的过度抒情，把文字搞得那么甜蜜，就与神思背离。文学的高境界，是于不动声色里流出妙意，平实与直白中也有美的东西在。汪曾祺先生晚年和我聊天，就讥讽五六十年代散文的抒情调，有肉麻的地方，此意与张中行同。我们看到一个怪现象，从文学到文学的人，最后通常没有什么好文章，太雕琢和文人气。倒是搞学问的人，如钱锺书、杨绛等人，偶一出笔，就气象不俗，有情思和理趣。张中行是从学问而入文学的，他的散文都是不经意间写的，可是我们反而觉得那是文学。而几十年间在文学圈里混的所谓作家，倒似乎和文学没有什么关系了。

我注意到，他对北大的几个同学也是有微词的，比如对何其芳，就不太喜欢。道不同是一个原因，因为一个“革命”，一个“不革命”；另外一个原因是，何其芳的文字是甜的，被情绪驱赶，狂热的地方也有。可是张中行觉得，精神被宗教情绪裹挟，就不免浅，是匍匐在前人的躯体上的，玩的不过是小玩意。与哲学相比，文学易让人陷在情的井里，从情感到情感，是解决不了灵魂的问题的。所以张中行要追问生命的原态，探究时空的有限性究竟何在。人只有在对无限的时空发出自己的追问的时候，才能接近灵魂。我们不知道的东西太多，而心灵却有穿越它们的可能。这种在惶惑里的穿越，也许就是文学的本真吧？可以说，他只是在这个层面上，接近了所谓的文学。而他一旦进入其间，身边的各类大小作家，就不能不对他刮目相看了。

一进大学，他就被各类新学说吸引，喜欢杂览，从老师那里得到不少东西。出了校门，因生计原因，做教员，也不得不啃书本，用来教人，也用以愉己。他起初的求知，是好奇心使然，是智性的冲动，后来他沉沦于底层，在苦水里挣扎，就真产生了悟道的需求，想从己身之苦里，体悟真理之道，于是精神就由被动到主动，独自在旷野里走来走去，成了一个寻路的人。

寻路，是孤独的。周作人早年在西山养病，就写下了《寻路》的小诗，是清寂里的跋涉，是孤苦中的行走。前面是什么呢？什么也没有看到，终于无功而返，回到苦雨斋里。在这一点上，张中行和周作人很像，热的时候有限，冷的时候居多。在气概上，似乎不及行吟的屈子，也不及静穆的陶潜，处于辨与不辨，言与不言之间。明知前面没有什么，却还要走，心里有大悲凉。

起初的时候，他和许多青年一样，觉得“道”在外面的世界，或说在天国里，需要大家去苦苦寻找。后来与康德、罗素、弗洛伊德等相遇，才知道天下的道理，不都是先验的，有时就在自身。弗洛伊德讲情欲与人生，就把一些糊涂的问题说清楚了。再读庄子，见其“逍遥游”的样子，心以为喜，才知道小大之辨所在，人的境界是有高低之别的。

但那道是什么呢？也是混沌不清，难以言说的。他喜欢的王国维，一生都在苦苦求道，但以为哲学可信而不可爱，文学可爱而不可信，遂堕入虚无，和死灭的文明一同死灭。王国维的死，在他看来意义不足，原因是其未能跳出历史，而让自己成为历史的殉葬品，是很可悲的。而像周作人那样身处在历史之中却又不被历史限定，则可摆脱王国维式的焦虑。他在自己的摸索里，深信超然于象外的重要。望道而非道，才能获得精神的爽快。

什么是非道呢？他也不知道，只是觉得是诗意的栖息，将思想放逐于无累的飞翔中，才能得到大的欢喜。所以深浸于旧诗文里，从陶潜、王维、苏轼那里偷来闲趣，走在词林之间，真是其乐融融，得意忘言了。

道不是具象的存在，但可以在诗的意象里存活，靠意境留下美质。比如《古诗十九首》，他就喜欢，苍润淋漓间，是大的悲欣。对他而言，诗与哲，是可以相通的。他读了那么多玄学著作，自己却不写哲学的书及论文，为什么？因为还恋着诗。可是只是从诗到诗，就显得有些浅，不如将玄思的东西也加入其间。所以他有点里尔克的意味，用感性的语言，去表达神秘的体验，文字一直在诗与哲学间游动。不过他又不像李金发这样的新诗人用洋人的句式吟哦，而是从古诗词里得到语感，形式有旧的余韵，而精神却是现代的。道在灵光一现之中，给人的快慰是特别的。

好的文章家，有许多是有玄学与诗学色彩的。刘勰如果不是佛门中人，《文心雕龙》怎么会那么好呢？唐代的皎然乃一位诗僧，从佛学与心性里悟出诗文之道，于是音韵激切，神与物会。佛学与艺术的融汇，使文学境界大开。释迦牟尼的意象使汉语的表达方式实现了一次飞跃，如“彻”“心地”“境”“顿教”“心印”“宗源”“作用”“天真”等源于佛教的词汇，用到诗文中，就产生了异样的境界。张中行在自己的作品里，既借鉴了唐诗的韵致，又把弗洛伊德、叔本华、罗素的精神内含其中，于是就形成了特有的文体。五四新文化运动之后，把哲学与诗的因素较好嫁接在一起的不多，他当是一个吧。

在《灯》一文里，他借助烛光这一意象，谈古往今来，叙生命之短长，其中有句云：

> 我总角没有闻道，乃至华年已去，还是望道而未之见，因而斗室面壁，就常常有“旧雨来，今雨不来”的悲哀。于是有那么一个夜晚，旧记忆引来新愁苦，就无论如何也不能入睡。对应之道，现代化是服安眠药，我不能现代，又不能学习净土宗优婆夷之手数念珠，口宣佛号，只好仍是秀才人情，伏枕拼凑平平仄仄平。居然就凑成一首，诗云：
>
> 感怀仍此室，闻道竟何方。有约思张范（后汉张劭、范式为生死交，不爽约），忘情愧老庄。生涯千百简（纠缠之文），事业一黄粱。欲问星明夜，摇红泪几行？

“摇红”是烛，所以真就能够陪着人落泪，电灯就没有这样的本领。我伏枕拼凑，写蜡烛陪同落泪之情，枕上高悬的却是电灯，逝者如斯，真是太遗憾了。

说自己“望道而未之见”，于是只有追索间的失落、怅惘。所剩的呢，竟是旧诗几行、咏叹几声。但这诗与咏叹之间，就有人间的道理，是觅路的人，总要在无中见到有，空手而归也是收获，那么这也是“有”吧。世间的道理就是这样，你要寻找的那个东西，恰在否定的层面上。寂灭的过程，就是智慧生成的过程。意义恰在知道选择的无意义。这无意义的感受，正支撑着我们的认知。他自己的选择过程如此，对此的体悟是比常人深的。

旧诗词里的境界，有的与今人是不隔的。在《去者日以疏》一文中，他深谈《古诗十九首》，颇有新意，他赞赏的是诗中切实的情感，由此而想起儒学，想起康德，古而今，旧而新，将时空一下子拓展开了。文章结尾写道：

高一条路是道家的“至人”境界，常人当然达不到。低的一条呢？至少我想，说说容易，至于行，比如途次月台花榭，总不免于“沉思前事，似梦里，泪暗滴”（周邦彦《兰陵王》）吧。其实，细想想，这样也不无好处，盖“泪

> 暗滴”同样是人生的一条路，虽坎坷而值得珍重的一条路。值得珍重，是因为去者虽去，在有些人的心里，亲并没有完全变为疏，世间就可以多保留一些温暖。

这种感叹，是典型的张中行式的，也是他的文体特色所在。望道而无道，道在无中。无的展示过程或被体验过程，也恰是它的本质生成的过程。了解张中行，不能不看到这一点。他之前的白话文表达方式，很少此类形态。三十年间，他的出现，实在是我们阅读史里有趣的存在。我有时想，要远离八股的写作，是不能不涉猎这样的文本的。